徐宏宇◎著

琴聲細語

至愛的父親：

您離開後我的心靈世界變得好冷清，再也聽不到您「妹呀，妹呀」的呼喚，也看不到您在春節時喜孜孜地來發紅包了。

昔日在工作上的努力不懈，拚了命想得到那一份所謂成就感的雄心，現今都萎縮了；過往自認良好的工作表現能解慰您的心，現在想想，那有多膚淺啊！回想自己的忙碌，連要和您吃飯的時間都必須擠了又擠、排了又排。正計畫把週六晚上的工作挪開，空出中午的時間來與您共餐，您不知道我有多高興，還

暗地裡跟母親說一個月後就可以陪您吃午飯了。

您卻不等我!不等我這被工作挾持的女兒,讓我最終只能抱著未竟的計畫度過無數的悔恨日子。向來,您都體諒女兒的忙碌,而我也常以這樣的理由來寬待自己,等意識到您將離開,我知道已經錯過了最末的機會。現在好悔恨啊!為什麼攬下這麼多工作?忙碌能證明自己什麼呢?我終於明白工作上的報酬彌補不了心中的缺憾!

沈澱內心的紛雜後,我放下部分的工作,不想再以忙碌當作疏於家庭的理由,雖然物質上的成就感削減了一半,迎接我的卻是盈滿的幸福感。由於您的恩澤，目前母親在經濟上生活無虞，相對地減輕了我們子女的負擔，使我感到您好像還在身旁幫忙照顧著家庭。您對待自己總是極盡儉樸，卻用盡一生的氣力來守護家人，對您，真的感到不捨啊！

每當憶及您往日的慈愛，心中總是瀰漫著哀傷，但想到您一生所展現出的堅強意志，我不禁又鼓起了勇氣，自忖以更成熟的態度來面對人生。您對我的教誨是永遠的緊箍咒，您給我的愛是一生的護身符。

妹

Contents

Contents

第二部 細語

愉快樂過生活

Contents

旅人的情絲

呼喚遠飄的雲朵

親子共戰的寶典

「學音樂的孩子不會變壞，學琴的孩子更有氣質」，這是老生常談的話語，然而缺乏音樂的素養是我這輩子最大的遺憾。

在幼年的清苦時代，學音樂是遙不可及的幻想，高中時期的音樂課更是一大挫敗。每週到要上音樂課，甚至要測驗時，就可見火車上背著「雄中」書包的莘莘學子，個個拿出音樂課本，隨著燒煤蒸汽火車的「沏啜、沏啜」一聲，咕噥咕噥背誦五線譜，十足像極合著木魚聲的唸經團，一付臨陣磨槍，不亮也光模樣。大家只求在音樂課時，不要一句譜還沒唱完，就被名聞遐邇的「牛角先生」斥喝道：「唱這什麼音，豬腦袋，給我站到後面去！」

想像中音樂課應該是享受旋律、陶醉自我的時刻，在我的青少年時代卻是每週上演的夢魘。雖已度過那時期，一輩子卻對音樂這檔事敬畏三分。因此，當自己有了小孩，為了避免自己的痛再延續下去，只要孩子願意，學琴是第一個考慮的「補習」。

為人父母者在考慮要給孩子學什麼內容的音樂時，通常都是被動地由教琴老師選定教本，依其習慣指導自己的孩子，家長難有機會與老師討論內容，更不用說隨孩子練習檢視其進度與成果。宏宇《琴聲細語》一書，頗有一語點醒夢中人的迷津指引，正好彌補大多數學琴孩子家長的學習空缺。

從彈奏基礎的「拜爾教本」、「哈農鋼琴教本」，到優遊自在地演藝莫札特、貝多芬曲目，筆者各個學習進階的變化、內心感受的心路歷程，甚至要成為一位專業的音樂人，所需經歷與忍受的瓶頸煎熬，均娓娓於書中清楚道來。作為學琴孩子的休閒讀本，恰能讓他們再次思考自己學琴的動機、目的，在面臨習琴各階段的困難之時，也能引發共鳴，作為其心境轉折的慰藉。家長如能與學琴的孩子共同去感受各個過程的酸甜苦辣，不僅能協助養成琴藝，更能陶冶其藝術人格，愚見以為，本書實是一本非常好的「親子共戰」寶典。

展讀《琴聲細語》是一份享受，宏宇除描述學琴心路歷程，以及為轉變成音樂老師的家專生活刻劃紀錄外，在日常生活中對人事物的敏銳觀察、深刻體驗與感想，更以細膩的筆觸描寫出一篇篇感人的情節。此外，其文章用字遣詞精準流暢，情感表達豐富多樣，對唐詩古詞的愛情解析更足可寫一篇專論。能擁有對生活如此深入細緻的感觸，除非作者愛書，甚至博覽古今詩文，時時振筆寫作，實難有這番隨拾有佳句的功力。

每個人的成長與生活感觸均不同，能將這些心血結晶串成字字珍珠與他人分享，擦出共鳴的火花，則是人生無憾之事；況且能讓他人作為學習過程的借鏡，更要大力推薦其價值，故為之序。

陳朝清 於大仁樓
（國立高雄海洋科技大學　教授）

打開往事的窗口

與宏宇大姐結緣，是從踏入屏東教育大學研究所開始，數一數，也六、七年了。論年歲，她是班上的老大，我是老三；我們都是南部的客家人；都是很契合的水象星座。也許我們不是一開始就清楚這些共通點，但陌生的兩人，來自不同城市的兩人，會就此碰在一起數年，我想也不是沒有原因的吧！

讀著大姐一頁頁的小品，我自己的過去彷彿也歷歷在目，而這是第一次自己這麼仔細地回想從前，回想也曾瀟灑過的歲月。每個人都有自己的往事，但偶然突發地憶當年，如果未能留下紀錄，那些種種的箇中滋味都將隨年歲累進而點點消逝。

大姐書裡的生活記憶，雖不是驚天動地的事件，卻也曾在某個時刻、某個心境，觸動了某個人的心。那一則則的小故事，其實都是我們生活的點滴，所以時時刻刻都在發生，每分每秒都在經歷，只是絕大多數的我們讓它無意地發生，也讓它無聲地消失了。現在，倚著大姐細膩的筆觸才猛然發現，那樣的心境、那樣的悸動，我不也曾經經歷過嗎？只是，只是，在那當下，我們不在意，或許我們因為不在意，所以少了留下它的行動，也就少了自己生命的紀錄。

還不遲，現在泡一壺清香好茶，播一首古典小品，再翻開這本好書，會發現，往事正如一齣倒敘的電影，一幕幕播放著曾幾何時也讓我們撼動不已的情節故事，而深藏心裏的澎湃與激情也將再起。

吳明芬 於蓼莪軒

（作者在研究所時期的同學，現任國小教師）

回首琴聲處，自性生活中

就讀研究所期間，腦袋常常會冒出個念頭：想把自己如何踏上音樂之路的過程——從芝麻小事到影響自己一生的關鍵做個整理，一方面滿足寫作的樂趣，另一方面藉著文章來感謝父親的愛。

畢業後我真的把想法付諸行動，沒事就在電腦前敲著可以靈活彈琴、對鍵盤卻不太靈敏的手指，把腦袋中的記憶慢慢抽絲，讓昔日的影像又蹦出眼前。就這樣寫著寫著……有時認真地挑燈夜戰，有時卻偷懶兼賴帳，於是斷斷續續、拖拖拉拉，完成之日遙遙無期。有時俗事纏身，正當把稀細的記憶絲線拉出來晾曬，卻又因為緊急的繁雜瑣碎而胡亂塞回混沌的腦門中，當然進度就有如龜速了。

當累積了二十多篇的數量時，大膽地向父親說出想出版文章的想法，而且要他為我的處女作寫序文。那時候老爸的心裡必定想著：「這丫頭什麼時候開始不務正業的啊！」著實地嚇了好幾跳。可惜的是，父親竟以文筆不好而一口回絕，讓我覺得有些受傷，唉！我的行情怎麼是跌停板。

那時候的父親已經生病，還進行著化療，我的心情既悲苦又擔心，每天都害怕父親離我而去。另一方面，我告訴自己，腳步要快一些，希望父親能一同分享女兒完成願望的喜悅，沖淡疾病所帶來的鬱悶。無奈父親的狀況並不樂觀，想對他撒嬌強迫的想法也因此打住，只能堅強地不在他面前掉淚，並在心裡築起一方堡壘。

雖非常不捨，父親最後還是離我而去，外表堅強的我有滿長一段時間無法寫作，每次打開電腦，眼睛即開始鬧水災，於是出版的計畫一拖再拖，丁點大的自信早已被日子稀釋得透明。不過，因為已經跟父親說出了想法，如同是對父親的承諾，可不能放棄！就這樣，本是難產的小作在勇氣及堅持之下才得以催生。

此書分為兩部分，一為學習音樂過程中的小故事（琴聲），包括對父親的感恩情懷，沒有他甘於犧牲的愛心，這音樂之路早已閉塞；也心疼母親在艱困的生活中，縮衣節食的無奈與心酸。我非天才型的音樂人，而生

在物質不豐的年代，又是純樸的屏東鄉下，無論環境或資訊方面均貧乏，要學習音樂是何等不易啊！細數往日的平凡瑣碎，心裡祇有感恩。

第二部分則是生活散記（細語），裡面有兒時的記憶，也抒發自己一介平凡女性在工作之餘閱讀、旅行的情懷，以及在俗世中所體驗的人生。

非常榮幸獲得恩師葉乃菁教授的推薦，以及陳朝清教授為《琴聲細語》撰寫推薦文，使本書更具光彩。感謝好姐妹明芬不辭勞苦，在快樂的歐洲行之後即面臨閱讀文稿的忙碌，還得為拙作貢獻序文，為我療癒被父親拒絕的創痛，這樣的情誼芬芳，馨香了我的心懷。

徐秀亭 於娉亭

第一部 琴聲

音樂教室裡，我彈著琴，
孩子的歌聲是伙伴。
看著孩子的神情，
腦海中又浮現了自己當年的模樣。
多年前的音樂課在我的心田種下了一顆種子，
那顆種子後來發了芽，也結了幾顆小果子。
每當和風輕拂，就會想起那辛苦的園丁，
曾經在身旁所滴下的汗珠。

走進黑白鍵的世界

是誰？把音樂的種子栽進我的心園
是誰？把音符的翅膀嵌入我的背上
從此我盤旋在音樂的世界　循著黑白黑白的步調
綻放出旋律的花苞　鮮豔了靈魂

萌芽

一九七〇年代，對一位生長在鄉下的小女孩而言，音樂的種子該播在哪裡呢？音樂課大概就是最好的田畦了。那個時候的小學音樂課，在低年級叫做唱遊，中年級以上才稱作音樂課。

唱遊課沒有課本，在課堂上能做的活動就是唱歌，而要學會唱一首歌，唯一的方法就是老師唱一句，學生跟著唱一句。學會了歌曲，老師還會按照歌曲的詞意設計肢體動作，然後我們就能夠邊唱邊做動作了。音樂課的內容大致與唱遊課一樣，主要以唱歌為主，老師間或會教一些簡單的樂理或讀譜，而那可愛的「比動作」即成為歷史。

每次上音樂課前的下課時間，老師總是要派幾位學生去教具室搬一台風琴，對小學生來說，那可是苦差事，尤其上下台階時更要使盡吃奶的力氣，才能讓風琴毫髮無傷地擁進教室。當時對於我們來說，風琴是一件非常好玩的大型玩具。常常一下課，我們一群女生立即圍在風琴的四周，有

些人踩著鼓風的踏板，有些人就在琴鍵上胡亂彈一些音，就像七嘴八舌地講一些別人聽不清楚的話一般，等到老師下了搬琴令，大家又要再上演一次痛苦的搬琴秀。

四年級的時候，班上來了三位實習老師，其中一位賴老師，彈出來的琴聲和以前的老師大有不同。下課的時候，我喜歡站在老師旁邊看他彈琴，看到音樂老師的兩手在黑白鍵上游移，總令我好生羨慕。有一次，我在黑鍵上彈出了幾個音的旋律，心中充滿著雀躍，一股想要學會彈琴的種苗就這麼悄悄地植在心中了。後來，我參加了學校的合唱團，在練唱室第一次看到鋼琴，第一個印象是——好大的風琴，而且還不用踩腳踏板哩！真是太方便了！漸漸地，在合唱團裡見識到同學彈奏鋼琴，我心裡好羨慕，同時也好希望被羨慕的人就是我。

經過打聽，原來會彈琴的同學是因為有到老師家學琴，那個時候我才知道有「學鋼琴」這個詞。四年級的歲月就在羨慕中過去了，我也終於鼓起勇氣向父親說出自己的願望。在四年級的暑假初，父親幫我實現了心願，因此七月十一日也就成了我習琴週年紀念日。

回首自己對音樂產生興趣，其原因大致有三個，一是學校音樂教育所建立的音樂學習環境；二是對音樂旋律單純的著迷；三是希望自己成為同學羨慕的對象。在當時那個年代，尤其又是鄉下地方，沒有「X葉」、沒有「奧福」❶，學校音樂教育所建置的學習環境就顯得非常珍貴，如同胎盤對於胎兒般的重要。雖然沒有嚴謹的音樂訓練，我卻從唱歌中窺見了音樂的殿堂。而單純對音樂本質的喜愛，大概就是後來持續在音樂之路上死纏爛打的動力吧！至於當初那種想被人羨慕的想法，早已隨著風而不知去向。

現在，很多家長常常問我要如何培養孩子的音樂興趣，我唯一的答案就是：要讓孩子喜愛音樂的秘訣，就是給他一個聽音樂、唱歌的環境，然後就開始期待音樂種子在無意的探索中爆出新芽吧！

❶以上兩者皆為鋼琴品牌。

輕扣學琴的大門

永遠都記得那天，我穿著洋裝，手心還不斷地沁出汗，在燠熱的七月天，坐在腳踏車的後座上，心臟隨著車子發出的嘎嘎聲不安地跳著。父親賣力地踩著踏板，而愉快地彈琴的畫面不斷地在我的腦海中轉動著，無聲地。

熟悉的街景從我的眼前往後退去，腳踏車的雙輪往前轉進了一條巷子。左邊石砌的圍牆披上了一層透著青綠色的薄衣；空氣中和著一股醃漬醬料的酸味，還來不及掩住鼻子，一個傳統的三合屋建築出現在我的眼前。我下了車，爸爸把車子停放在屋簷下，領著我去拜見即將成為我鋼琴的啟蒙老師——宋靜枝老師。

我羞澀地站在老師的面前，頂著清湯掛麵的頭只能微微地低著，不時偷偷地瞄著她。老師有著一頭捲捲的中長髮，臉上的小酒窩總是隨著她的笑容綻放；高挑的身材搭配著細緻的聲音，一雙靈活的雙眼也不停地打量

著我，我的頭更低了！

大人們交換著彼此的問題和答案，而我的眼睛也偷偷地環顧著琴房的四周和陳設。鋼琴就擺在靠門邊的那個牆面，旁邊放著木製的梳妝台，一種我沒見過的那種——中間一面大鏡子，兩邊還有兩個較小的鏡子，人站在前頭就能夠同時看到正面和側面的自己，真是奇妙！鋼琴的對面擺放了茶几和沙發，沙發的椅面就像隆起的肚子，直教人想在那肚皮上按個幾下。不過，我是不敢的。小小的琴房擺了這幾項東西，只剩下中間一丁點的空間，大概一口井的大小吧！

瀏覽過擺設以後，爸爸也已經和老師談妥了，老師要我星期一和星期四的早上去上課，每次上半個小時，學費是三百五十元，再加上一星期兩次的練琴費用，總共四百元。那個時候媽媽一天的菜錢大約五十元，而我的學琴費是八天的菜錢，對媽來說簡直是奢侈的消費。我不知天高地厚，只高興自己要開始學琴，而背地裡疼我的父親對於學費一事，眉頭從沒有皺一下。

興奮地從琴房出來，天上的陽光似乎特別耀眼，七月初的高溫烤著我熱烘烘的內心，彷彿就要冒出雀躍的濃煙和焦味兒。我在心裡牢牢地記著，七月十一日別忘了，要準時來上課。

學琴的大門真的在那天開啟了，也展開了我學音樂的生命旅程。

宏宇小語

音樂殿堂的門始終開著，唯有打開心門才能見著從那裡透出的光亮。

第一次的鋼琴課

期待已久的鋼琴課終於來臨了，第一天去上鋼琴課，還是我獨自一人騎腳踏車去的呢！按捺著害羞的心情，鼓起最大的勇氣，還沒有到上課時間即已出現在老師的面前。宋老師親切地招呼我，那臉上的酒窩似乎也在和我說話，沖淡了我不少的羞澀。

那天我空手而去，進去琴房以後，老師示意我坐好，於是我就坐上長形的鋼琴椅子，心裡依然是有些緊張。過了一會兒，老師拿了本紅色的琴譜，在我的右邊坐了下來，把琴譜放在譜架上，並翻開到將要學習的地方。我靜靜地聽著老師介紹白鍵、黑鍵，更努力地模仿老師教我的手形姿勢——一個像握住雞蛋的手。

後來就要開始學看譜了，從認識五線譜開始，再來是高音譜號，所學的第一個音符是高音譜表第三間的Do和上面的Re。在音符的上方有阿拉伯數字，在Do音上面寫的是「1」，在Re音上頭的是「2」，老師說

那是指法，表示要用大拇指和食指來彈奏。

開始了！開始了！當我用那站不穩的手指輕輕地按下琴鍵，就像蒸汽火車出發前所發出的汽笛聲，又像帆船啟程前拉好風帆的剎那。我彈下了第一個音、第二個音，在老師的注視下，完成了人生第一首練習曲。

接下來還多學了一些音符，彈了好幾首小練習曲，短短的三十分鐘在兩人認真的世界旁邊悄悄溜走。下課時間到了，向老師道別以後，我鬆了一口氣地走出琴房，嘴角隱藏著一絲勝利的微笑。不難，不難，原來上課那麼容易。我在回家的路上一直對著自己這麼說：「好想下一次的上課時間快點兒來。」

嗡嗡嗡，小蜜蜂

我練習的第一本琴譜《拜爾教本》上冊，封面是紅色的，四周印著白色的花邊，中間躺著黑色的書名，特別的是書名下方加寫了一些我看不懂的日文。琴譜的表面還裹著一層半透明的書套，以鄉巴佬的眼光來看，算得上是本豪華的書籍。

《拜爾教本》從右手練習開始，自Do音開始按著唱名順序學習音符名稱、指法、拍子、反復記號等等。因為主要是練習手指彈奏技巧，練習曲的旋律令人難以感受到所謂的「悅耳動聽」，直到彈完了右手練習，書上出現〈小蜜蜂〉的曲子，枯燥的手指練習才稍得到些許安慰。

對於初學鋼琴的我而言，〈小蜜蜂〉是第一個自己熟悉的曲子，彈起來的感覺特別愉快，最主要的是：它是一首歌。不過，當我能熟練地彈奏以後，開始覺得右手的「小蜜蜂」好孤單。我希望左手也有一隻「小蜜蜂」同伴，兩隻蜜蜂一起飛，一起唱歌，那有多快樂呀！可是，左手練習

卻還在後頭呢！我不禁有些苦惱。「我要學快一些，我要快點兩手彈！」心裡面不止一次地這麼吶喊著，當年的鄉巴佬的企圖心像熾熱的岩漿般汩汩湧出。

終於，我等不及老師教完左手練習，自個兒就讓左右手兩隻蜜蜂同時起飛，一起唱歌，然後一同結束，好快樂！心裡的興奮彷彿是蒲公英爆開的種子，不斷地展翅飛翔。在學習的過程中，第一個小小目標就如此完成，心裡真是有說不出的成就感。不過，當時家裡沒有鋼琴，我的兩隻小蜜蜂只能在老師的琴房中飛舞，怎麼也飛不到老爸的跟前，那顆小小的內心竟也裝了些許的遺憾。

現在〈小蜜蜂〉這首小曲依然是初學者常練習的曲目，每次教學生彈到這首曲子，往日的小蜜蜂情懷又會浮現在心頭，一股甜蜜的滋味像煙囪冒出的濃煙一般，飄了好久才會散去。

Let's Go，拜爾

學鋼琴的人對於「拜爾教本」一定不陌生，有上下兩冊，上冊是紅色的封面；下冊是黃色的，都包著半透明的書套。在很久以前所出版的《拜爾教本》，封面上面除了中文以外，還寫著日文，小小年紀的我看不懂日文，也不知道拜爾是什麼意思，折騰了許久才知道拜爾是德國的作曲家，可見當時的鄉巴佬真的是俗氣又無知。

《拜爾教本》先從右手練習開始，接著左手練習，然後才是雙手練習。在單手練習的日子裡，其實頗為單調無趣。著重於手指練習的小曲，沒有什麼優美的旋律，直到學到以右手彈「小蜜蜂」的曲子，內心才開始泛起淺淺的愉悅。隨著學習程度加深，漸漸地從練習曲中體會出旋律的美感，透過用心練習之後，成就感也就隨之而至了。

拜爾所收集的練習曲目有一百多首，在那鋼琴教本種類稀少的年代，正在練習彈奏的曲目往往也代表著習琴者的鋼琴程度。同門師姊妹們更以

「你彈到拜爾第幾首？」來探問彼此的進度，純稚的腦袋裡似乎有暗中較勁的味道。每前進一首，代表自己的程度又向前邁進了一小步。當學到最後一曲時，彷彿是經過長途跋涉之後終於抵達目的地，湧現那種直接衝到腦門而在心中狂妄呼喊的喜悅。不過，學完了拜爾，表示初級課程已經完畢，將邁向中級的課程，學費也隨之調高，當年母親為了要多繳學費不知有多心疼！

後來，在家專五年級時有一門樂曲分析課，授課的老師要我們分析拜爾教材，從曲式學❷的觀點來探究這套教材；而另一門鋼琴教學的課程，正好也討論《拜爾教本》的優缺點。樂曲分析的授課老師也許因師承德國的理論派別，極力推崇德國作曲家拜爾的大作；而自美國學成歸國的鋼琴教學課的老師則對拜爾有諸多批判。我們這群學生上這兩門課，自然而然練就了見風轉舵的本事：在樂曲分析課時，要好好地欣賞拜爾先生為兒童設

❷曲式學：研究樂曲形式的理論。

計課程時所花費的巧思；在鋼琴教學課時，便要想盡辦法在這個教材中挑出不合時宜的缺失與論點。

經過了專科時代這兩番洗禮，踏出校門後對於使用的教材自然有多一些考慮。那時坊間的鋼琴教材也多了起來，除了小時候所見到的教材，又多了許多從國外教材翻譯而來的樂譜。選擇變多了，《拜爾教本》雀屏中選的機會相對變少了，尤其《拜爾教本》下冊的練習曲中，一下子多了很多調性的音階練習，著實讓很多學生吃了不少苦，致使我對於《拜爾教本》的使用更是謹慎。

隨著教學經驗的增加，我發現沒有學過拜爾的孩子彈奏一些小品或小奏鳴曲的時候，左手的伴奏音型往往無法彈得順暢。因為在某些教材中過分強調和聲的彈奏，對於伴奏音型的練習太少，以致於造成這樣的現象。於是，我對於拜爾的使用方法有了更新的體認，在某些學習階段常常加入《拜爾教本》的練習，以期讓學生在彈奏旋律和伴奏時能獲得更好的協調能力。

現在我教導幼童彈琴鮮少以《拜爾教本》開始，不過當發現孩子雙手協調能力有些問題的時候，我就像醫師開處方箋般地把《拜爾教本》某些內容列入學生的學習書單，以治療旋律和伴奏音型永遠搭不在一起的症狀。經過觀察和評量，《拜爾教本》沒有讓我失望，它讓孩子彈奏出流水般的伴奏型，而旋律就是流水清波上的片片花瓣，不斷地流向前方……

宏宇小語

拜爾教本是艘船，帶著我駛向鋼琴的港灣。它從不收取金錢，卻不斷地向我追討真心。

神氣的琴譜

經過了一個暑假的認真學習，我的《拜爾上冊》終於學完了，老師還因為我學得如此順利而大大誇讚我一番。接下來，除了繼續學習《拜爾下冊》以外，老師還為我多加了一本《約翰·湯姆遜鋼琴課程》，一本上面有加上英文的譜耶！

開學以後，我在老師家自行練習的時間有兩天，一是星期四，另一天是星期日，每次練半個小時。每逢星期四放學後，我並沒有直接回家，而是先到老師家練琴，所以早上出門的書包就必須多帶兩本琴譜，那可是全班同學都沒有的東西呢！

為了讓同學知道我有學鋼琴，下課時間我會拿出琴譜來看，那雙小手有時還會在琴譜上有模有樣地彈了起來。起初，同學們並沒有發現什麼異狀，後來終於知道我開始學琴了，大夥兒即爭先恐後地欣賞我的琴譜。「哇！有好多音符，你知道那些是什麼音嗎？」「喂！這本書寫的什麼字

呢？」當大家七嘴八舌地談論著，我便神氣地說：「喔！那是英文耶！我讀國中的大哥才看得懂，我大哥說湯姆是人名啦！」有時，我也會虛榮心作祟，故意翻到後面比較多音符的曲子，同學們看到那些密密麻麻的音符纏來繞去，臉上的表情盡寫著驚呼，那時候心裡的感覺有如飛上了天空，空洞的快意在腦子裡轉個不停。

就這樣，接下來幾個星期，我都固定在星期四展示那兩本神氣的琴譜，直到同學對琴譜的新鮮感消失，我才停止這個無聊又虛榮的舉動。極純真且幼稚的年紀，曾經神氣又驕傲的經驗，為學琴的生命增添了幾抹趣味的色彩，到現在還不忍擦去，而那兩本神氣的樂譜現在還好端端地擺在樂譜櫃子裡。

閃耀的合唱團伴奏

小學四年級的時候加入了學校的合唱團，那時候的帶領老師是穆老師，每次團練的時候，總要領著我們練習「吸氣」、「吐氣」、「啊……」和「嗚……」。我那顆小腦袋老是搞不清楚，為什麼呼吸要練習呢？我每天都在不停地呼吸呀！為什麼不快點唱歌呢？「啊……」和「嗚……」好像在爬樓梯和下樓梯，非常無趣。

剛加入時，我還沒有開始學鋼琴，聽著穆老師彈著鋼琴，只能在隊伍裡乾羨慕。每逢休息時間，一群小女生便擠在鋼琴前面，會彈琴的團員就會秀出她學過的曲子，而我只能出一根食指，發出幾個無知的聲音。

鄉下的小學校，學琴的人並不多，在合唱團裡大概也只有兩三位學生會彈鋼琴，所以指導老師通常是指揮兼伴奏，遇有正式表演或比賽，則由其他的老師擔任伴奏。

就是因為學校裡學琴的學生不多，有學鋼琴的學生通常會被貼上標

籤，受到矚目。所以當我開始學鋼琴以後，我特別會注意其他學琴的同學的彈奏程度。不過，起初當然是自己遠不如人啦！和別人比較的同時，就會產生一股好勝心，讓我每次去老師家練琴時，無不拼命地練習，希望自己能快點迎頭趕上別人。

因為學了鋼琴，所以和音樂有關的差事常有機會參與，例如帶同學看譜練唱、升旗典禮擔任國歌指揮、幫同學把音符翻譯成簡譜等等。後來，合唱團的老師換成李麗香老師，我在她的帶領下成為合唱團伴奏。根據我的記憶，在我之前好像從沒有學生擔任伴奏而出去比賽，所以，這個伴奏職務可是學校的風雲人物！

自從當了伴奏，在合唱團裡的地位大大提升，在老師心目中的份量也與日俱增。有時遇到團練時間和上課的時間衝突，還能名正言順地請公假而不上課，當時還希望午睡時間最好也練合唱，這樣就不用在桌子上趴到手臂發麻！

有一次出去比賽，我記得是唱兩首歌曲，一是「總統蔣公紀念歌」，

另一首是「台灣的西瓜」。我拿到譜以後很快地練習好，也彈奏給宋老師聽，並把不好的地方加以修改，再來就是配合合唱團練習的時間前往音樂教室，認真地當一名盡責的伴奏。比賽當天，學校請專車載我們去屏東市參賽，回來的途中，總務主任張任興老師還誇讚我表現得很好，讓我好得意，尤其後來還得到賞金，更是令人興奮得在心裡吶喊。

小學畢業後，伴奏的差事也就沒了。我就讀的美和中學一來沒有合唱團，再者班上有位同學彈得比我好，所以再也沒有機會當上伴奏。在台南家專讀書的階段，合唱是非主修管弦樂器學生的必修課，不過班上高手如雲，我也只能當一名快樂的第二部團員。正因為這樣，小學時期的合唱團伴奏經驗更顯得可貴，而我當年也從這個差職中得到無比的滿足與快樂，烙印成人生中一段美麗的回憶。

爸爸，我要買鋼琴

在老師家練琴的時間如梭飛逝，而我隨著程度的增進，漸漸覺得這樣的練習時間不夠了。

宋老師也是這麼覺得。於是，與她有交情的鋼琴推銷員開始三天兩頭地往家裡跑，有「YAMAHA」的公司，也有「KAWAI」的廠牌。有時候爸爸在家，推銷員就會和他談論我該買琴的事情；但是媽媽在家時，她的回覆永遠是：「鋼琴怎麼那麼貴？沒錢啦！」當爸媽都不在，推銷員就會問我一大堆問題：「學到哪裡了？」「功課怎麼樣？」還有時候是一些我不會回答的問題！

有一次，河合鋼琴的推銷員又來了，家裡只有我在，只好孤獨地接受洗腦般的推銷。那一次他大放厥詞說，只要買了鋼琴，每天練十分鐘，一定可以練出成果，如果沒有的話，就去找他。我小小的年紀，卻不是簡單就可以唬住，雖然盼望著有一台屬於自己的鋼琴，可是一天練十分鐘哪裡

夠呢？再說，來年沒啥成就，海角天涯又要去哪裡向推銷員討回公道？

不過，我著實夢想擁有鋼琴，當推銷員在向爸爸遊說的時候，躲在門後的我好希望爸爸應聲「好」。平時父親從不提有關買琴的事情，我只能繼續忍耐練習不足的痛苦。後來，宋老師和師丈一起到家裡拜訪，老師向爸爸表示我有音樂細胞，領悟力不錯，還常常超前學習，以後可以往音樂方面發展，聽得我在一旁心花怒放的。

老師和爸爸討論過後，相信老爸也是很想買一台鋼琴給我，可是礙於家裡經濟的因素，遲遲沒有付諸行動。而我也知道家裡的狀況，從不在父親面前吵鬧，只能偶而掉掉眼淚，試著撫平失望的心靈。直到有一天，爸爸終於決定買琴了，我一顆飄盪許久的心終究獲得了安頓。

我的鋼琴花費六萬五千五百元，對於當時的家裡真的是很大的開銷，而推銷員還一直說已經算便宜一些了。老爸是一家之主，大事都得要問他。老媽掌管財務，沒錢的時候卻是她要想辦法！所以，買琴這件事大概傷透他們的腦筋了！老爸從來不說「愛」這個字，不過，我知道他愛的表

現就是無條件地支持我。我的第一部琴，是父親第一次在我身上花這麼多的錢。我那心疼不已的老媽，後來常在我耳朵旁教誨：「買了鋼琴就要好好地練，不然『莫睬錢』」。

我知道在歡喜獲得鋼琴的背後，是爸爸背負著一萬斤稻穀互助會的壓力；是媽媽常常唉聲嘆氣的無奈。而我必然將承受父母的殷殷期待，只准成功，不能失敗！在爾後的練琴生涯中，那一萬斤稻穀不時地壓在我的心頭，很重！

為了繳納一萬斤的稻穀互助會，花了父親好多年的光陰，而那台「萬斤鋼琴」到現在還擺放在老家，也將一直擺在我心裡的某個角落。

我的第一部琴

它是在我小學六年級的某個星期天，九月十九日誕生的，一輛大卡車把它載來家裡，來的時候，身上還裹著厚厚的棉被，被橡膠捆帶緊緊地五花大綁。

脫下沉重的棉被，露出了它黑亮的外衣，還有鏡子般的質地，能映出每個人的臉龐。笨重的身體讓搬運它的工人，因為用力而脹紅了臉。當他們從我的眼前走過時，我不禁為他們的辛勞感到不安與愧疚。經過一番折騰，終於在父母的臥室，靠近門邊的牆面旁安置了它，為了不讓它跑來跑去，特地為它穿上了四個黑色圓盤狀的「鞋子」。

把鋼琴安頓好以後，業務員拿出鋼琴的「衣服」為它穿上，那是一件黑色的罩衫以及長方形的裝飾蓋布，讓我的鋼琴剎時變得非常華麗。我迫不及待地打開琴蓋，想聽聽它的聲音，一彈下去——「欸？聲音好怪！」原來鋼琴還沒有調音，所以音不準，要等調音師來調律後，才會有好聽的

聲音。我這鄉巴佬不禁有些失望，還要等多久呢？

還好，調音師過一天就來了，我看著他那又粗又大的手不停地在鋼琴上試彈，然後用一個金屬的器具在琴弦上轉動。我不停地問：「還要多久？」「快好了沒？」可憐的調音師除了手耳要忙鋼琴以外，還要應付我這煩人、無知的黃毛丫頭。終於好了，等不及調音師收好東西，我的手指已經在琴上跳起舞來。

我的第一部琴從小學六年級開始陪伴我，陪我小學畢業、唸完中學、讀完音樂科系。音樂學校畢了業，它還變成了我的賺錢伙伴、嫁妝、孩子的玩具。這中間數度更換擺琴的地方，左右遷徙的「老琴」真是耐勞又萬能！這台「萬斤鋼琴」前後陪了我二十幾年，直到姪女開始學琴才運回老家去。現在它已經退休了，擺在老家，終日沉默。

聽眾在門外的音樂會

自從家裡買了鋼琴，練習的時間便多了，每天放學回家，寫完功課及做完媽媽規定的家事，我就會練琴。

鋼琴的聲音頗響亮，當我練琴的時候，琴聲就是家裡的主角，任誰都無法躲避它。有時也會吸引隔壁的小朋友前來，站在紗門外滿足新鮮的好奇心。每次新練好的曲子，我都會彈上好多遍，讓自己沉浸在旋律的波濤中，卻也強迫了門外的家人，每天充當我的聽眾。

兄長們從不理會我的琴聲；老媽大概只能察覺我因彈錯而停下來；阿婆更是可愛，她總是說我在「打」鋼琴哩！家裡面唯有父親真的欣賞我的琴聲，他常常坐在走廊的柱子旁聽我練琴，只要我練了自認好聽的曲子，就會跑到外面問他：「我彈得好聽嗎？這首曲子好聽嗎？」當然，父親只有點頭的份兒。我從他稍稍露出的微笑，以及佯裝彈鋼琴的樣子，就知道他已經從我的琴聲中獲得了一絲安慰。

我的琴聲不僅穿透了家裡的牆壁，也會飛越過家裡後方的果園，傳到在隔壁蕉田工作的伯母耳裡。有一天上午，我得意地在彈奏剛練好的〈杜鵑圓舞曲〉，這是大家耳熟能詳的世界名曲。突然，伯母出現在窗戶旁說：「原來是妳在彈琴喔！我就說好像聽到『ピアノ』的聲音，原來是妳。」這時我才知道，原來我的琴聲可以傳得這麼遠，還把正在工作的伯母吸引過來，真是不可思議。

從那時候起，我知道在門外聽我彈琴的人真的不少，不好好彈是不行的。所以，當曲子還沒練好時，我總是小小聲地練，以免有損自己的威風；每當練熟了曲子或自認好聽的曲子，我就會特別賣力地彈，彈得大聲些，告訴門外的聽眾我有多麼地棒！而我在奮力「演出」的當兒，心裡也不斷地閃出「好不好聽？」「有聽到嗎？」之類的自豪念頭。

長大後，當了老師才有機會聽兒童練琴，終於知道聽人練琴有多麼惱人。我這才恍然大悟：當年自認得意的練琴音樂會，家人該是苦不堪言吧！而那遠方的聽眾是否也因為琴聲而擾亂了工作情緒？唉！阿彌陀佛……

惡作劇之彈奏

在我住的「夥房」❸之中，自己是第一個學琴的孩子，尤其在那生活清苦的年代，這可不是件稀鬆平常的事。尚未買鋼琴之前，家族裡的宗親們其實也不清楚我有學鋼琴，直到買了鋼琴，那等於是昭告了「天下」。

小時候的我有一點愛現，遠遠地聽到有親朋好友要來家裡，便會故意跑去練琴。而客人一踏進前廊，在和父母寒暄之餘，塞滿耳朵的伴奏聲音絕對是我的琴聲。比較不熟的客人，大概就是在飯廳或正廳聽我在隔壁房裡騷擾他的談話；很熟悉的親朋則會探著身子搜尋我彈琴的身影，有時還會跑進來欣賞我彈一曲。每當有這種表演機會，我總是會從正在練習的譜中選一首來彈奏，不管他們是否聽懂。這是滿足父母及自己虛榮心的時候，我當然要使出全力以音樂來招待客人。

❸夥房：同宗族兄弟共住的宅院。

雖然非常喜歡亮出自己的琴藝，不過久了也會不耐煩，尤其正在做自己特別喜歡的事之際，被父母呼召去露一手，心裡便犯著嘀咕。有一次，小叔公來了，他每次總是先到廳堂舉香向祖先問候，然後才和大家話家常。他知道我學了琴，便要求我表演一曲讓他欣賞。其實我是滿尊敬他的，也很喜歡他同我說話時那種和藹親切的語調和笑容，可是當時不知怎麼，心裡突然閃進了頑皮的念頭，想要作弄大家一番。

隨後大夥魚貫地進入擺鋼琴的臥室，那是老爸和老媽的房間。我坐定在鋼琴前，打開琴蓋，一切就緒以後，我故意挑了本《哈農鋼琴教本》，那是專門練習手指技巧的譜，大部分的練習曲是以一組規律音型做上下行的練習，總之內容沒有什麼旋律美可言，倒是很像在念經般地複誦。一般學琴的孩子都不怎麼喜歡練這種聽起來不像歌的練習曲，更何況是不懂得音樂的小叔公。

我開始彈奏，大家的耳朵都豎了起來，大概正摒著氣，聽我故做模樣地演繹那枯燥的上下行音型。那流進耳朵裡的音符彷彿是排著隊的士兵踢

著正步，很有秩序卻是呆板的前進。我愈彈，心裡的狂笑聲愈大，不過我還是表現得一板一眼，不能洩漏出半點惡作劇的氣味。從眼角的餘光窺見，掛在可憐的小叔公臉上的笑容開始變僵（卻又要裝出興致盎然的表情）。最後，更痛苦的事情來了——當我彈奏完畢時還得堆出燦爛的笑容，一再稱讚我彈得有多棒！

終於結束了對叔公耳朵的酷刑，想必他以後再也提不起勁兒來聽我彈琴，而我這小頑童正沉浸在惡作劇之後的邪惡快感中。不過，後來我的內心還是覺得有些罪惡感，畢竟玩弄了小叔公期待聽到樂音的殷切。在他純實的熱衷中，我無知又頑皮的念頭，就像一陣狂風，吹散了原該有的藝術賞析溫度。

多年過後，每次想到這件事，嘴角不禁會浮出淺淺奸狎的笑意，不過心裡的愧疚感，仍在午夜夢迴或思念故往時竄出，希望小叔公可不要雲遊到夢中來打我的屁股才好。

在音樂的穹蒼下低吟

我揮動著一雙薄翅　俯瞰著瑰麗的大地
穹蒼之下　風兒拂過琴弦般的髮絲
樂音繚繞在耳邊廝磨
我輕聲低吟　譜寫人生的樂章

皈依音樂的殿堂

會走上主修音樂這條路，其實是聽從鋼琴啟蒙老師說的話！鄉巴佬的我小時候根本不知道有音樂科系這樣的書可念，我以為從小到大都是要讀數學、國語、社會、自然……這些小學的科目！不過宋老師說我可以去考音樂科，從此我就把學習音樂當成人生中非得走下去不可的路。

因為老師的建議就決定了自己「前途」的我，那時候可沒有做過性向測驗，也沒有考慮自己適合與否的問題，更不會想到畢業後的出路。單純的心裡面抱著老師的期待練習、讀書，以及不太敢放心去玩的矛盾。

我一直回想，當初宋老師為何會建議我去考音樂科系？是真有天份？還是只在一般人中顯得比較優秀而已？這個古怪的疑問一直都放在心裡，也沒有再去向宋老師求證。如今宋老師已經移居加拿大多年，與她之間也失去了聯繫，這個疑問大概沒有機會再向她提起了。

當年要考音樂科系須準備學科和術科的考試，我念的中學因重視學科

成績，所以我很盡責地讀書。而術科方面要準備主修樂器的演奏考試、樂理筆試以及視唱聽寫的測驗（測試音感的考試），因此每逢假日，就是我學習術科的時間。國中三年的時間裡，我比一般的考生還要辛苦，同時在學科和術科的準備中打滾兒。雖然心中抱著非音樂不念的心，不過也同時報名了一般的高中和五專聯考。後來，高中、五專都考取了！不過，最後決定就讀當時名為「台南家專」的音樂科，它是獨立招生的科別。

就這樣，一個鄉巴佬帶著一臉的土氣和堅定的心，第一次離家那麼遠去求學，從家裡到學校單程就要轉兩趟車！在五年的家專生涯中，有離家時悲戚的心情，就像冬天下午的天空；有回家的雀躍心情，有如三月的春陽。在專業學習環境的薰陶下，我這鄉巴佬在音樂的殿堂中一窺究竟，也瞭解到音樂世界的無窮與浩瀚。

老爸對於我的志向從來沒有說過一個「不」字，也不曾對我分析何謂生涯的規劃，倒是我常向他述說自己所編織的計畫。只要我想做的事情，他總是默默地在背後供給所需的費用，即使真的有困難，他也不惜借貸金

錢來應付。不過，苦的是老媽！父親盡最大的努力每個月交出薪水袋，而老媽則要為永遠不夠用的薪水傷透腦筋。

從來沒有後悔走上學音樂之路，學了音樂，以當時世俗的眼光來看，除了較有氣質以外，還多了一份貴氣（因為學費真的很貴），向別人介紹自己時，常常能贏得對方的稱羨。不過，等到真正主修音樂以後才發現，原來我的資質放在一群學音樂的學生中，真是普通得很，尤其沒有一雙寬大、強而有力的手掌；在練習的火候上，也沒有天才的豪氣，倒是要不斷地添柴加火，才能有些許的學習成果。

音樂的殿堂何其宏偉，我在其中自在優遊。家專的培育著實讓我進步很多，從什麼都不懂的小丫頭到懂得音樂的一二。其中，我時而苦思，時而在領悟中露出欣喜的笑靨。除了倍嘗練習的辛苦，更要強忍寒冬中僵冷的手指，盡力地讓十指宣洩內心的熱情。音樂像我身上的殼，無論去哪裡、做什麼事，音樂帶給我的浸潤永遠不會乾涸。如果你找到我遺留下的乾殼，必定是在音樂殿堂的祭台下，因為那位鄉巴佬從小就皈依其中了。

琴點春秋

在家專求學的時候，我住在學校宿舍。音樂科辦公室特地為音樂科住校生規劃練琴的時間，也就是學生口中的「琴點」。琴點是要收費的，如果每天練一小時，一學期要繳交六百元。主修鋼琴的學生每天規定的琴點是兩小時，副修鋼琴的學生則每天一小時，所以當時我每學期的琴點費是一千兩百元。

學校的練習琴房有兩處，一是在學思園旁側的舊琴房，另一處在音樂館三樓。琴房的空間不大，長度比鋼琴大一點，寬度比門多一些，四面牆都貼上了吸音板，所以有著大大小小的圓孔，按著規律排列著。靠內牆處擺著一台直立式鋼琴，附上一張鋼琴椅，沒有冷氣，只有一台小電扇掛在白色的牆上，隨著時間的累積，發出愈加狂妄的呼嘯。夏天練琴很熱，所流的汗和自己彈出的音符一樣多；冬天練琴很冷，所打的哆嗦和自己所彈的震音一樣快。

我的琴點時間通常是排在晚上七點，下午五點多放學後，要趕著回宿舍搶洗澡間，免得太晚洗澡而過了熱水供應時間，或者晚自修遲到（因為規定六點二十分即要離開宿舍，到教室參加晚自習）。從宿舍出來，先去餐廳吃飯，然後去教室晚自習，琴點時間到了即前往音樂館的琴房。

對於練琴的學生而言，琴點屬於晚自習的時間，所以有時夜間部的主任也會來查堂，看看學生們是否依照排定的時間乖乖練琴。其實學校是多操心了，對於學音樂的學生而言，一天兩小時的練習時間根本不夠。許多學生常常要另外找時間、空琴房來練習，因為每星期一次的授課時間正是老師檢視學生練琴成果的時間，要是練得不熟，有些老師甚至會把學生趕出授琴室。我的老師雖不致於轟學生出去，不過，我還是很盡本分地練琴，不是特別焚膏繼晷地用功，只是真的要求自己在音樂的路上認真學習，彈奏樂器畢竟是技能的累積，練習是必要的態度。

不過，在用功之餘同學間還是會有互動的時間，尤其是上完鋼琴課後的那天晚上，大家的心情比較輕鬆，偶而串串門子，談論自己正在練習的

曲子、數落學校不近人情的規定或者老師們的小道消息。有時興致來了，幾位同學擠在一間琴房鬧著玩，把結婚進行曲彈成小調，說是「娶牌位」的配樂，或者好多隻手胡亂地彈一些通俗的樂曲。在寂寞孤獨的練琴歲月，三五同學一起尋找那點滴的娛樂。

學生活動中心定期會在校內的「乃建堂」放映電影，一個月裡大概一至兩次，放映的時間固定於星期五傍晚六點半，這是住宿生的福利，也是我們偶而偷懶、不去練琴的正當理由。話雖如此，有些學生還是會利用電影放映之前，或電影結束之後跑去練琴。練習除了是我們的學習態度，更是頭上的緊箍咒。每天參加琴點是我在晚上安睡的藥劑，沒有練琴的話，心裡是虛的，腦袋也會變空。

遇到術科會考之前，琴房是人滿為患，除了自己的琴點以外，大家幾乎都會利用機會「打野食」，只要發現沒人在的琴房便會進去多練。如果是別人的琴點時間，被敲門之後即摸著鼻子「另找出路」。這樣的「搶琴房大戰」到術科會考後即告結束，空蕩的琴房只有幾縷人煙，和一些被遺棄的琴譜，孤單地在琴房一隅。

琴點時間是我在音樂路上的縮影，裡面蘊藏著青春的歲月，有遇到練習障礙時滿懷挫折的苦惱、克服困難時滿心歡喜的愉悅，以及從古典樂派到現代樂派樂曲的學習與成長。現在琴點的「緊箍咒」已經鬆脫了，倒是練琴的時間變成了「點狀」，那股執著練琴的勁兒只能在回憶中的學思園中迴盪。

練習經

「練琴」對於學音樂的人來說是一種生活方式，至少在學生時代是如此。平日老師所規定的功課要練習、鍵盤和聲學的課程要練習、伴奏課的曲子要練習、會考的曲子要練習、實習音樂會的曲目要練習、畢業音樂會的曲目要練習……學音樂的過程，練琴和睡覺、吃飯同等重要。

星期四和星期五是學校排定個別授課的日子，必須按照老師排定的時間前往琴房上課。上鋼琴課那天是很重要的，因為一星期以來的練習就是在這個時候展現出來。上過課以後才知道自己需要修正或加強練習的地方，更重要的是，如果遇到練習上的困難，這是尋求老師幫忙解決的重要時刻，畢竟一星期才見老師一次，而且只有一小時。

每當我走出個別授課的琴房，除了有完成上星期之作業的那種解脫，也意味著有新的練習功課，心中也要盤算著之後每天的練習內容與進度。每星期的練習內容大致分成兩大項目，一是對原有曲子做更進一步的練

習，也許是修改，也許是把曲子練得更精熟，甚至是把曲子背起來彈奏；另一項是開展新的曲目，要先憑著自己的能力把樂譜化成鋼琴的聲音。

學校除了規定「學生會考」的曲目之時代風格，以及指定曲、畢業曲目的時間之外，對於學生的學習進度完全是仰賴授課老師的安排。在學期初，老師會幫我選定好期末會考的曲子，而平日練習的內容除了會考曲目以外，還有技巧練習曲、巴哈的作品以及一首巴洛克時期以外的曲子，因此我的基本行囊會有四本樂譜。

每次到琴房練琴，首先練的是技巧練習曲，除了暖手練習，也是就某種彈奏技巧做深度的學習。這種技巧性的練習曲並不強調樂曲的詮釋，而是一種手指的技巧演練，相較於演奏用的作品，實在「單純」多了，所以先練習這種曲子在內心總覺得比較踏實。

再來是練習「巴哈」——亟需耐性來練習的曲目。開始練新的曲子前，我總是要先分部練習，一方面熟悉旋律線條的走向，另一方面也要將聲部分配好，尤其將中間的聲部拆解，以讓左右手適切地分攤音符，同時

也將適當的指法寫在譜上。這樣的工作將會以一次的練習時間來完成，第二天就可以做進一步的練習。所謂「進一步」，即是有計畫性地把曲子分解成數個部分，每天有新的練習目標，從陌生到熟練，從分段到完整；除了彈奏，在練習中也要傾聽各聲部的進行，以及聲部與聲部之間的交互，在層疊的旋律線條中，總會領略出屬於巴洛克時期的美感。

完成練習曲和巴哈的曲子後，琴點的時間大概已過了一半，剩下的一個小時裡，我還要練習兩首曲子。在學期初，會考的壓力還沒開始，所以，會考曲子的練習進度將比較緩慢。相對地，另一首樂曲將會練得比較快，以便讓自己早些完成曲子，之後再練習新的曲目，儘量增加自己所練習過的曲目量。

通常老師對於非會考曲目及非演奏會曲目的評量標準會比較低，因為只是把它當作學習用的曲子，並不要求我一定要背譜彈奏。相對地，老師對於會考曲目及演奏會要彈奏的曲子就會再三要求，希望我盡力彈至最佳的程度，而且一律背譜。

會如此對彈奏的樂曲偏心也不是沒理由，音樂的作品那麼多，就是彈一輩子也練不完，不加緊多認識些曲目，更待何時！我無法忍受一學期只練一首曲子來應付考試，總覺得學得不夠多，有點浪費學費，而且一學期中每天都練同一首曲子，我可能會瘋掉！

無論是誰的作品，在練習的過程中總少不了分手練習，尤其是音樂織度較密的片段或技巧較難的部分，總是要以汗水和時間來耕耘才能有所收穫。我的手指纖細，手掌很窄，手指擴張的寬度不大，以演奏的條件來說，我這雙手可真是所謂的「小手」，和我的身高是不成正比的。這樣的先天條件令指導我的楊貴容老師傷透腦筋，也讓我在練習的過程中要多吃些苦頭。楊老師在幫我挑曲子的時候總要考慮到我的小手，不過，能認清自己的能耐，再加上自己的盡力，我終究還是走過了五年的家專歲月。

在練習的生活中，汗水一定有，淚水偶爾也會不小心跑出來，不過，喜歡音樂的心還是不變，如今想起來，心裡還是喜悅的。

越過鬼哭神號

音樂館舊琴房的旁邊有一片樹林，它在學校裡有個文謅謅的名字，叫學思園。南邊緊鄰著學生宿舍的欄杆圍牆，西邊對著烹飪教室和家政館，種了許多桃花心木及其他的樹，還有幾棵豔麗的南洋櫻。在夏天，那兒有濃濃的蔭涼，給了蟬兒嘶鳴的舞台，也為我們遮去許多南台灣特有的惡毒陽光。

從音樂館到學生餐廳吃飯，或者練完琴要回宿舍，穿過學思園是捷徑。天氣好的時候還能在詩意的風中自在漫步，邂逅偶或飄落的葉片，那情景恰如瓊瑤小說中的浪漫，只不過少了英俊挺拔的白馬王子。不過，到了冬天，尤其是晚上，那海上吹來的風，越過寬闊的嘉南平原，冷冽不僅撼動著每棵瑟縮的樹幹，穿梭在纖纖樹枝的間隙中，還發出了長長的呼吼，就像鬼魅出沒時的淒厲哀聲，聲聲的哀嚎就要把魂兒給收去。

我的琴點時間都在晚上，練完琴以後要越過這片恐怖的森林，除了身

子的哆嗦不斷，心裡總是無端地冒出一陣陣毛骨悚然。雖然旁邊也有其他學生一同，可是墨黑的夜色中，寒風中的路燈也顯得孤寂和羸弱，更讓寒顫打從骨子裡抖了出來，連帶著疙瘩也滿了出來，沿著腳步掉了一地。

外套不禁拉得更緊了，兩手交叉地抱著琴譜，彷彿那幾本琴譜是我的盾牌，隨時要抵抗突來的魑魅；又像是道士的咒語經文，期望它能驅凶化吉，保護我這嬌弱的小命。腳步也是愈走愈急，從原先跑龍套的疾步，後來乾脆拔起冰冷的雙腿，在鬼哭神號的追趕下，死命地往宿舍大門跑，那透著光亮及人氣鼎沸的地方，就是我得救的聖地。

經過幾次後，我再也禁不住樹影鬼魅般的張牙舞爪，也無法在淒厲北風的呼號中瀟灑鎮靜，只好繞到學思園旁邊的道路，那是平坦的柏油路，兩旁裝有路燈。於是我在較為明亮的燈火下和學思園擦肩而過，但也不敢往樹林裡邊兒瞧，深怕那深邃的黑暗中也有幾對兇狠的目光正在凝視。我的腳步還是緊急，因為恐怖的聲音依然攪拌著冷風，在寒冷的冬夜中潑灑，讓我聽得心慌意亂，口水早就吞乾了。

這樣的遭遇過了五年，每年的此時總是盼望著春光快些到來，把令人膽顫的鬼魅趕回那無邊的海洋，讓可怕的鬼吼從此啞然。現在只要聽到北風呼呼聲，那記憶中的鬼哭神號彷彿又甦醒過來，雞皮疙瘩還是要掉一些下來。

宏宇小語

夜，因為星空而美麗；夜，因為人而邪惡！

斑斕光影中的琴聲

小提琴，這對進入家專之前的我是個不熟悉的名詞，我只知道有一個表哥曾學過小提琴，至於它的模樣，還是在學校看到同學的琴之後，才得以見到它的廬山真面目。看著其他同學拉奏弦樂器的模樣，還有那悠揚的琴音，我對這個樂器動心了！向室友探聽了老師的電話，我也展開了小提琴的學習之路。

一把年紀才開始學拉琴，學琴之初還真的有點不好意思，那枯燥乏味的空弦練習、帶有笨拙味道的琴聲，總是讓我羞於見人，於是總躲在琴房練習。我很少利用自己的鋼琴琴點時間來練習拉琴，因為那樣會排擠掉我練鋼琴的時間，所以都是利用空堂時間找琴房來練習。找不到琴房的時候，學思園濃密的樹影中將是我的立身之地，而我那嘎然尖銳的琴聲也能在風聲中得以隱藏。

在學思園裡有一處小型的團練場地，椅子是用長條狀的木頭搭建而

成，指揮座的譜架則以水泥砌成。我不需要觀眾，長條椅可以用來放琴箱及一些私人雜物，而那指揮用的譜架恰好是我放琴譜的最佳位置。

學思園是一片樹林，高高的樹長著片片愛跳舞的葉子，風吹來，葉片隨著風兒起舞，在空中畫出了優雅的線條。樹林的中央有一水池，圓形的池子拱著一件白色的雕塑，是學校美工科老師的作品。以池子為中心，四方各有一走道，學生們在走道上漫步、談天，有風的時候則傾聽風的呢喃。走道把學思園分成了四塊，在每一區塊中都擺放了不同的雕塑作品，讓這片樹林散發馨香的藝術氣息，隨著風飄向走過樹林的我們。

在這樣的地方練琴是最快意不過，那討厭的陽光雖然千方百計地想要鑽下來，總是被層層的葉片阻擋在樹梢，使得樹下是用不完的蔭涼。有些樹的葉子較稀落，這時陽光還是能得逞，在堅實的土泥中印出一層影子，如果風兒也來湊熱鬧，影子就開始跳舞。我推拉著琴弓，那伴著琴弦游移的律動，應和著飛舞的葉；擦動琴弦的旋律，在蔭涼中穿梭，我也融入在這片綠光和琴音交織的婆娑中。

在這裡練琴是不會寂寞的，因為其他區塊也常有其他的學生同在林中練習樂器。這時候，也許是弦樂重奏，也許是管弦合奏，只不過彼此可是逕自吹拉各自的調，誰也不干擾誰。因為這是開放的空間，總有人隨意地在林中穿梭，恰巧是同學或熟人走過，常常互相寒暄幾句，在練習的空檔還能有些調劑。最掃興的是，練到一半即天公不作美，那從樹頂飛落的雨滴，逼得你趕忙捲「鋪蓋」走人，以免人琴盡濕。

盛夏季時節，陪伴我練習的還有蟬兒，牠那中氣十足的長鳴，猶勝過我那空弦練習的全音符——還是數個牽著連結線的全音符。蟬鳴的長音也像是複音音樂中那頑固的聲部，加上我的琴聲就成了二聲部的對位，和著遠處其他的器樂聲，則變成三聲部、四聲部或五聲部，再有呼呼的風聲，簡直就是協奏曲了。這樣的熱鬧被林外的陽光烘焙著，隨時能炸開心中的衝動，大大地吼一聲，才能宣洩一股激昂。

秋天雖是蕭瑟，紛飛的落葉使原先只有橫向線條的風，有了縱向的伙伴，有時還能來段迷人的雙人舞，而那悠揚的舞曲配樂就是我的琴聲。冬

天裡，林中的風變成冷酷的幽靈，穿著制服而露出雙腿的瑟縮，由不得讓你在林中逍遙拉琴，只得待在室內練習。此時，學思園除了有掠過嘉南平原而來的北風陪伴，還夾雜著偶過的同學發出的哆嗦，往日的琴聲早就嘶啞了！

多年過去，我不曾有機會回母校探看，學思園應該還在，那一樹的茂密，想必仍在風中搖曳。斑斕的光影下曾有我的蹤影，而那琴聲是否還迴盪在樹靈的遙遠記憶中？而今的學子又是否仍以悠揚的琴聲來擁抱那一園子的綠意？

合唱天地你我他

走過小學時代的合唱團，在往後的幾年中，合唱團在升學掛帥的學校裡找不到蹤跡，直到上了家專才又在課程中找到曾經的時光。

音樂科的課程規劃中，修管弦樂的學生需參加管弦樂團，其他修習鍵盤和聲樂的學生則是參加合唱課，每星期有兩節課。一年級的時候是各班上課，二年級時則變成合班上課，陣容變得強大無比，更增加了上課的樂趣。因為是女校，所以我們的合唱團員清一色是女生，唱起歌來彷彿是黃鶯，講起話來則變成麻雀，聊起天來就成了菜市場。

同學們上起課來雖是輕鬆，可是在音樂專業的堅持下，該有的態度和水準也不能忽視。一開始，老師會根據同學們的音域和音色區分成三部，而我被分在第二部，和小學時期一樣。再來就是安排座位，同一部的人要坐在一起，第二部的人永遠是坐在中間。

每次練習，開始的暖身活動必定是發聲練習以及和聲練習。「ㄚ、

ㄟ、ㄧ、ㄛ、ㄨ」是常練的咬字口型，而吸氣和吐氣的練習也常常是練習的項目，這些練習常讓我想起小學時代練合唱的情景。這樣枯燥的練習大概持續十至十五分鐘，之後就是練習歌曲了。

我們練的合唱曲大部分是三聲部，若遇到四聲部的曲子，聲部之間也就需要做些調整。剛開始練習新曲子，分部練習是必須的，這時候伴奏的同學就會彈奏單獨聲部的旋律，而我們就要發揮視唱的實力，馬上把旋律唱出來。因為是音樂科的學生，分部練習所需的時間很短，練習過一兩遍以後，老師就要我們合唱了。

第一部的同學最好練了，因為主旋律幾乎都在第一部，而主旋律不僅好記、好聽，也不容易被其他聲部拉走。相較第一部的旋律，第二部的旋律大概都是主旋律的和聲，夾在高低音之間，所謂「左右為難」，大概就是它的最好寫照。第三部的低音旋律的起伏相對較小，有時還會連續唱同一音高，那時就有點像在念經，我常常稱呼它為「牛的哞叫」。

大家一起合唱以後，起初我們會努力地堅守好自己的音高旋律，這時

通常沒心情聽其他聲部的旋律，等到熟悉了自己的旋律，便可以聽進其他聲部的旋律，此時也才能體會合唱的魅力，享受多聲部歌曲所帶來的和聲美，更融入團體所散發出的和諧與努力。合唱和管弦樂所具備的音樂性相同，只是樂器的差別而已，而這樣的練習讓學音樂的我們體會到音樂的和諧美感，也讓我們學習如何和其他人合作，共同創造出優美的音樂，而不是競爭，是一種高尚的美德和修養。

既然是課程，免不了要考試，考試的方式是三人一組，每聲部一位同學，考試的日期通常是在學期末。當老師宣布考試日期之後，同學之間就開始「招兵買馬」，找氣味相投的同學一起參加考試。全班只有一位同學不必參加，那就是伴奏，不過她也不輕鬆，因為要彈很多次的伴奏音樂。我們只消幾分鐘即可交差，可憐的她除了平常沒機會打混閒聊，考試期間還要「全程參加」，真是苦差事。

家專畢業以後，沒有什麼機會參加合唱團，除了自己哼哼唱唱，就只能在回憶裡尋找曾經悠揚的合唱旋律，以及伴我練習的一干同學。

當副修遇上聲樂

什麼是「副修」？說真的，尚未進入家專前我真的不知道，因為入學考試中沒有副修這個詞兒。剛入家專的時候，校方宣布每位學生都須副修另一種樂器。主修聲樂、管弦和舞蹈的學生一律副修鋼琴，而主修鍵盤的同學則可以選擇副修任何一種樂器（包括聲樂）。當時的我傻楞楞的，根本也搞不清楚什麼樂器，就這樣選了副修聲樂，原因是不必花錢再買樂器。

學校規定副修要上三年，每星期一堂課，不過上課的時間只有半小時。指導我的是林嘉惠老師，我和另一位班上同學一起上課，也共同拜託班上的郭憶婷同學為我們伴奏。林老師對我們這些副修的學生非常仁慈，同時也練就了一副鐵耳，可以忍受我這像貓叫又尖銳刺耳的聲音，每次耳聞我快要崩潰的聲音，立即為我幫腔，讓我那飄搖的歌聲有了依靠，不然真怕牆上的吸音板突然崩塌下來！

每次上課，免不了要發聲練習，這時候老師會親自在鋼琴前坐陣，視

我的情況而調整練習的音域，練完發聲就是學習練習曲及藝術歌曲的時間。一開始我先練習中國的藝術歌曲，後來也練習義大利藝術歌曲。唱中國藝術歌曲有一個好處，那就是容易記住歌詞。相較之下，義大利藝術歌曲，因為不知道其歌詞的字義，完全靠死記發音來唱，所以唱來沒什麼韻味，好像報時台的人聲，空有旋律和歌詞，一點都藝術不起來。

因為是副修，上課的時間很短，有時平日沒有做練習，憑著視譜大概也能唱得出來（不過內心會有些「虛」），萬一唱得七零八落，半小時也容易捱過去，所以上起課比主修來得輕鬆。雖輕鬆，期末會考還是有的，副修的人每次考試只要唱一首歌曲，短短兩、三分鐘大概就能從考場脫身，只要不忘詞，分數也不致於太難看，不過自始至終我也沒拿過什麼絕美成績就是了。

副修了三年聲樂，歌是唱了幾首，如今卻原原本本地還給老師了，只能隨著旋律哼上幾句，這樣的結果不知如何對得起林老師，且在哼唱之際努力地懺悔吧！

實習演奏音樂會

對於學習音樂的人而言，演奏是必須學習的項目，所以在學習的生涯中，音樂會除了具有展現學習成果的作用之外，它還是一種課程。每星期的「實習演奏音樂會」，每位學生都一定要修習，帶領學習演奏的老師就是班上的導師。

「實習演奏音樂會」一星期一次，每次的時間是兩節課。同學們在學期初先把組別分好，每星期由不同的組別輪流演奏，一學期每組大概能演奏三回。在學期初，我們大概都會盤算自己上台演奏的日期，之後就要及早準備好演奏的曲子，演奏的當下既是展演也是老師評分的時候，所以每位同學都不會把這樣的課程當作是「兒戲」。

每一組同學之間會推派一位組長，說穿了就是在演奏會之前負責收集曲目並製作節目單的公差。演奏當天，老師並不要求我們要穿著禮服。當該組同學按照組長所排定的順序上台，其他組同學則要寫心得感想或評

論。

實習音樂會上，彈奏的心情和平時練習有所不同，雖不致緊張兮兮，倒是自我期許不能有什麼閃失，例如彈錯音、忘譜之類的。如果真的出了差錯，這樣的場合不致於讓自己的心情跌到谷底，反而是有些不好意思。同學之間都明白上台是怎麼一回事，不會有人苛責忘譜或彈錯音的人。曾有著名的演奏家說過：「把他在台上所彈的錯音加起來，足以再開一場音樂會。」我們都常以這句話來開闊自己的胸懷。

在台下寫評論的人到底寫了些什麼，老實講，彼此之間無所知悉。除了老師會把簿子收過去批閱之外，大家對於別人寫了什麼似乎興趣不大。以我來講，寫的大多是要注意音色、音符要彈清楚之類的，說來說去都是這些老詞，誰不知道要注意這些啊！沒辦法，老師規定的作業總是要能應付，不扯些廢話出來，還扯啥呢？

接近學期末，術科會考的日子漸漸逼近，同學們在實習音樂會上所彈奏的曲子大多是術科考試的自選曲，所以這個時候的練習可以視作考前演

練，對考試來說相當有助益，同學們的演出水準也因為是術科考試的前哨戰而盡力發揮。

在術科考試後，期末考也近了，同學們對於彈奏這件事開始有了鬆懈的藉口，大家的心思轉往準備學科考試，實習音樂會也自然地停課。在充斥著一股期末懶散的氣氛中，人人期盼考試快些結束，好迎接令人欣喜的寒暑假。不過，寒暑假期間還是需要練一些曲子，因為下學期的實習音樂會還在前頭等著呢！

畢業以後，自己在帶領學生學習鋼琴的過程中，實習音樂會也是我為學生規劃的課程之一。總希望透過這樣的練習，讓孩子們學習如何展現自己，實習音樂會的慧命因此得到了延續。

會考實戰錄

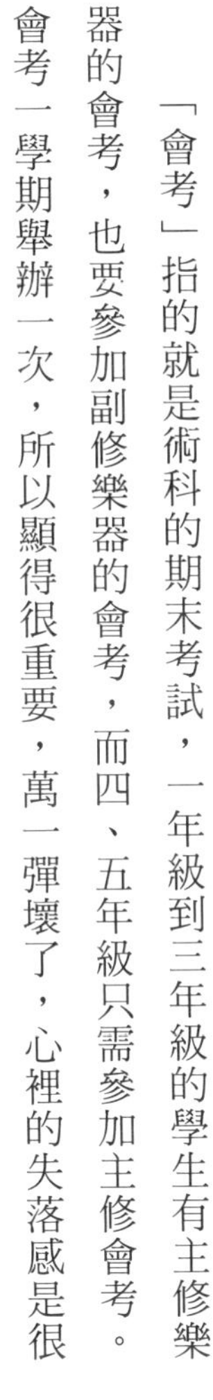

「會考」指的就是術科的期末考試，一年級到三年級的學生有主修樂器的會考，也要參加副修樂器的會考，而四、五年級只需參加主修會考。會考一學期舉辦一次，所以顯得很重要，萬一彈壞了，心裡的失落感是很深的。

既然是考試，彈錯音是不能重來的。如果忘譜，那就要祈求老天讓你能接得下去，而不是像跳針的唱片，來回在某個樂句徘徊。所以，每個音樂科學生都非常重視會考，它是一整個學期以來的學習評量，也是當下彈奏的成績，每個學生無不把會考當作學習的目標，更是練琴的動機。

我記得在一年級和二年級時有指定曲和自選曲兩大項目，指定曲是音階和巴哈的創意曲，自選曲則必須是古典時期的樂曲；三年級以上則挑選浪漫樂派或現代樂派的作品。參加會考的曲子由任課老師選定，學生也可以表達自己的意見，不過，老師通常已經考慮學生能力進行選曲，所以學

生只要「欣然接受」即可。

開學一、兩週後，老師大概就會幫我選定會考的曲子，而我也會主動地分段練習，分梯次彈給老師聽及修改。因為是考試的曲子，所以需要背譜，還要達到滾瓜爛熟的程度才能通過，不然容易因考試緊張而忘譜，萬一真是那樣，真的有如掉到第十八層地獄般的痛苦。其實在學期中，老師不致給太大的壓力，而我向來是規矩的學生，如果有些缺失，老師也不過於指責。不過，彈得不好的話，心裡的難過是最高的譴責，而這裡面大多還包含對父母的愧疚。

經過一學期的練習，理應熟練，不過面對有如生死輪盤的會考，心裡的不安還是很沉重。而我天生容易緊張的個性，每次考前總會有幾天的腸胃不適，當時也算是不小的困擾。考前幾天，科辦公室會先公布會考的相關規定，我們則隨著會考逼近，練琴的狀態將會達到瘋狂的地步，只要手指碰到琴鍵，會考曲子的旋律便會自動播放。即使沒在琴邊，手指也會不自主地動起來彈無聲琴，有如練武練至走火入魔般的境界。

上學期的會考日是在冬季，那也是我的夢魘，因為每到冬天，我的手就會變成手指冰，是那種不會融化的冰冷！會考前的緊張大概也是因為這樣的擔憂吧！手指雖冰凍得難受，會考卻不能放棄，所以想盡辦法也要來克服這個難題。在等待的時間裡，我會先到樓上琴房暖手，試著把手指練開，就像是學舞者先拉筋的道理一樣。快輪到自己時，琴房已經待不住，深怕錯過自己的考試時間，那就完蛋了！而為了讓手不致因為冷空氣而變僵硬，我就用鋼杯裝熱開水來當溫手的「暖暖包」。不過它怎麼也暖不到心裡去，寒冷的天氣及緊張的氣氛讓心裡的顫抖更加厲害，制服裙子裡的一雙腿更是冷得無處可躲。

面對考驗的時刻還是來了，走進去，幾十顆眼珠子加上幾十個耳朵，我這膽小鬼不由吞下的忐忑口水，還不時卡在喉間捉弄著人的情緒。小心地走向鋼琴，先恭敬地向所有老師敬禮，再坐上琴椅。剛坐上椅子，通常不會馬上彈奏，而是先用手帕將琴鍵擦一擦，免得前人留下的汗水讓自己的手指「打滑」，那將會是「危機」。深呼吸後，手指就要執行自己一學

期以來所練習的成果，而在那短短的數分鐘裡，將是自己對樂曲的詮釋、彈奏的技巧之呈現。正當自己與樂曲纏鬥得正厲害時，鈴聲硬生生地響起，收起那喘著大氣的指尖，帶著它向老師敬禮，便完成了一次「命運之旅」。

如果是下學期的會考，便免去和寒氣作戰的麻煩，不過緊張的心情並不會因此而減少，因為從悶熱高溫的室外逕入開著冷氣的考場，身體常因承受不了溫度的遽變而抖動了起來，甚至手指也變得有些僵硬。

考完了會考，學期也將近尾聲，除了等待科辦公室公布會考成績，也將在書堆中度過學期末的最後幾天，順便作個如何度假的美夢。

在黑白鍵中的錢聲

讀者初見這樣的標題，心裡大概充滿了疑惑，琴鍵中怎麼會有錢的聲音呢？不是琴聲嗎？沒錯啦！平時練琴，彈出來的是琴聲，不過當琴聲可以換錢的時候，那可是令人心動的錢聲了！

「家專」是很多人口中所謂的「貴族學校」，學費並不低，我在就讀的時候，每學期總要繳將近四萬塊。就是因為讀了這麼貴的學校，心裡老是覺得過意不去，而我的家庭並不是富貴人家，每次繳學費總要傷透父母的腦筋，所以平時的花費我都儘量節省。念一年級的時候，我每兩星期回家一次，每次回家跟媽媽拿兩百塊錢當做零用，來回的車資要一百四十元，剩下的六十元便要撐兩個星期，萬一要添購學用品或繳班級費用，有時連和同學去吃碗冰的錢都要省起來，生活真的無法向「貴族」看齊。

老天爺看到我的處境，憐憫之心是有的，祂沒讓我中愛國獎券（我的零用錢還不夠買一張愛國獎券呢！），也沒從天上掉下什麼禮物，但祂給

了我打工賺錢的機會，那就是在琴行裡教學生彈琴。

那年我十七歲，學校規定四年級才可以留長髮，所以當時我還是位清湯掛麵的小丫頭，看起來就是高中學生模樣。給我教琴工作的是郭叔叔，他在家鄉開了間店，除了賣鋼琴，還做茶葉和香火燭的生意，也附設鋼琴教室，可謂「多角化經營」，套句現代的名詞就是「複合式商店」。我事後回想起來還真佩服他的勇氣，竟敢用一位稚氣未脫的小女生當鋼琴老師！而我被學生喊「老師」，心裡還有些心虛呢！剛開始教，學生只有一個，一個月的酬勞是六百元。

因為當時已經開始在屏東師專跟楊老師學小提琴，所以每星期都要回屏東，利用星期天早上到琴行教琴。第一個月過去了，我從郭嬸母手中拿到第一份自己打工所得到的六百元，心裡感到很興奮，決定把它獻給常缺錢的媽媽。當我把錢交給媽媽的時候，自己感到有些激動，眼眶中竟有淚水打轉，不過，我並沒有讓媽媽瞧見。

後來學生漸漸增加，最高的紀錄是收了五位學生，星期六晚上一節

課，星期天四節課。過了一段時間，郭叔叔結束了鋼琴教室的業務，我的學生便跟隨我到家裡來上課。那時候我每個月的學費收入大概有四千塊錢，對於我這窮學生來說，已經是莫大的恩賜。

有了錢，我跟媽媽拿的錢就少了，在學校的生活也過得比較舒適，還有能力買譜、書、信封、信紙和郵票；同學有時邀出校門吃冰，再也不用考慮再三或者找理由回絕。這樣的生活令當時的我感到滿足。雖犧牲了假期，但是每星期因授課之故回家看到父母和家人，讓離家在外的我也能享受家庭的天倫之樂，解慰了不少離家的落寞與不捨。

從十七歲開始教琴，迄今從無間斷，不過已經不忍去數過了幾個年頭。琴鍵中的錢聲依舊，人卻有了極大的改變。八十八個黑白鍵，裡面是學琴的歲月、學音樂的路程，也是一直以來的工作。雖然沒有什麼功成名就，沒有大富大貴，但那就是我的人生，我的歲月。

我愛獎學金

那天是陽光耀眼的日子，我站在偌大的操場上，參加專科入學後的第一次朝會。唱完了國歌，國旗升上半空中飄揚。按照往例，朝會是校長和師長們「輪番上陣」說話的時刻，在那冗長的訓示中，出現了讓我眼睛為之一亮、內心為之一振的一幕，那就是頒發獎學金！

我從來不知道什麼是獎學金。以前在中、小學如果成績優良，頂多就是拿獎狀和獎品，領獎學金是聽都沒聽過的新聞。「學姐從校長手中接過獎學金」那一幕情景觸動了我的內心，我心裡想著：「真好！讀書還能領錢，我也要！」就這樣，當時立下了心願，自己一定要拿獎學金。

接下來的日子裡，我真的開始認真讀書，尤其在考試前更是卯起來讀書。另一方面，我也開始注意申請獎學金的方法和日期，並且努力地讓自己能夠到達申請獎學金的標準。

大多數獎學金的成績標準是學期成績八十分以上，操行要甲等以上，

還需要附上家裡繳稅的證明（證明家中所得低）。努力了一學期，我的成績超越了標準，操行也拿到了優等，還拜託大哥騎摩托車到稅捐處申請證明。備妥所有必須的文件資料後，我向學校提出申請，並耐心地等候入選名單公布。

老天爺眷顧了我，第一次申請即入選，得到一筆兩千元的獎金！當時獎學金是以支票支付，所以學校規定要帶印章到出納室領取，我也因此到印鋪刻了生平第一顆印章，是那種最便宜的木質印章。領取支票當天，我懷著興奮又驕傲的心情到出納室，出示通知、蓋上印章之後，我那顫抖的手從會計小姐手上接過一張支票，那是我有生以來第一次見識支票，上面還好端端地有我的名字。

拿到支票後，我小心翼翼地放在自己的皮包中，每天隨身帶著，心裡覺得很踏實，也盼望星期六快點到來，好向父親稟報自己的喜悅，讓父親的內心能有一絲慰藉。到郵局交換支票需要三天，所以要真正拿到錢必須等到下一個星期，而交換支票之前，還得先在郵局開戶。這麼多的必要手

續讓得到獎學金的喜悅延續了好多天，還夾雜了一分急切。最後，錢終於入了我的帳戶，我的心裡很高興，得意就像油花浮在水面上一般。

拿到了獎金，除了可以給媽媽添些家用，我自己也留了一部分，手中握著鈔票的感覺不壞，所以心裡也暗自期許，下一次還要再得到獎學金。後來，我也連續拿到了多次獎學金，尤其在四年級時還同時得到教育部的獎學金，獎金額度是四千八百元，對當時身為學生的我而言，簡直是天大的一筆錢，那次心臟還差點兒跳出來！

拿獎學金是我進入家專之後立下的第一個心願，從中也得到了讀書的「樂趣」和鼓勵，讓我這鄉巴佬在「貴族」之中還能有一絲依恃的驕傲，也許更撫慰了父親的辛勞。喔！獎學金，我愛它！

音樂外一章

自小學的年紀開始學琴，決定往後在音樂之路上耕耘也是在小學時期，除了這個興趣之外，我對閱讀也有高度的熱忱。小時候能閱讀的課外書很少，我就讀的小學裡沒有圖書館，就是鄉鎮裡也沒有可借閱圖書的地方。

不過，老爸畢竟是學校老師，深刻瞭解到閱讀的重要性。所以從我識字開始，即為我們四兄妹訂閱了一份國語日報。那時的國語日報是郵寄的，每天由綠衣天使送來，而這份刊物陪伴我度過了童年和青少年時光。我每天放學回家的第一件事就是讀報，從看圖說話、故事、小亨利、學生作品和家庭文藝中吸取文字帶來的樂趣，也為我日後著手寫作種下了一顆小種子。

在美和中學念初中一年級時，班級裡放著石老師為我們準備的課外書，我只要有時間就會借來翻閱。學校也有圖書室，不過，借還書的手續令我覺得麻煩，所以幾乎沒向圖書室借過。後來一位愛看書的同班同學蘇

玉華坐在我後面的位子，我向她借了不少書來看。在家專念書時期，家裡因為我已離家求學而停止訂閱國語日報，而我對學校裡那「龐大」的圖書館感到驚訝萬分，在練琴之餘，那裡是我的天堂。

圖書館每次借閱的書有限，所以我一星期總要跑好幾趟，只要是空閒的時間，總能看到我猛啃書的飢渴樣。這個時期我看了不少散文和小說，架上散文小說類的書我幾乎都翻閱過。讀這樣的書很輕鬆，不用考試，所以不必死記，讀它的動機只為了快樂。但是這樣的讀法太囫圇吞棗，讀的東西早已不在記憶中，想起來也是一種遺憾。

讀久了，心裡總會被書牽扯出一絲寫作的慾望。國文課雖有寫作文的機會，但那是被規定的情感抒發，從老師訂定的題目來翻揀腦袋中的經驗，寫來雖是洋洋灑灑，分數也是漂漂亮亮，還是少了那麼一點樂趣——那種純粹為抒發內心情感的快感。

於是，我成了對周遭敏感的傢伙，風吹、草動、花語、蟲鳴……全是牽動情感的加熱器，信手抓了紙就這麼塗塗寫寫，很滿足、很快活，沖淡

不少因練琴而來的苦惱。除此之外，我寫信寫得很勤，每星期總會寫一、兩封，有時甚至四、五封。那些信件想必記載了我生活體驗的點滴，是人生中一段段精彩的對話。只是朋友離散各方，而那些我曾經用心寫的「情感書」大概也被丟棄殆盡，今日不能將它們討回來，好可惜！竟有些心疼。

年輕的時候不知珍惜自己所寫下的字字句句，雖是些不成熟的片段，卻洋溢青春的氣息，有單純生活的感動，也有懷抱夢想的激動。甚至後來參加學校舉辦的文學創作比賽——文馨獎，但得到散文類佳作的文章也不知丟向何方，只知道題目是：「玉蘭花和玉蘭花樹」。這麼多年過去了才深感痛心，有些無病呻吟之嫌。而今要寫往昔的心情和生活，除了要和自己的記憶力奮戰之外，還多了無限的感嘆。

音樂和文學其實有很大的關聯性，歌劇的劇本、藝術歌曲的歌詞都需要文學的注入才得以成就。我在音樂的路上有了閱讀和寫作相伴，已是感到無限的滿足和感恩，往後的人生旅途上必定要彼此惺惺相惜，互相扶持到生命的盡頭。

我愛莫札特

我從國中開始練習奏鳴曲，所練的第一首曲子就是莫札特的作品。當時在劉老師門下習琴，她對於莫札特的作品所下的註解是：「鋼琴彈奏技巧的寶典！」這樣的評價深深地影響我對莫札特作品的態度，是一種近乎崇拜的心理。

也許是主觀的想法，我對莫札特作品那種純摯、自然的旋律線條著迷，也對其乾淨音色的觸鍵要求感到激賞。進入家專的第一年中，我所練習的奏鳴曲便以莫札特的作品為主，逐漸加深了我對其曲風的偏愛。

隨著年級的增長，所學習的音樂風格也需擴展到其他時代與作曲家的作品。更豐富的旋律線條、織度，以及厚實磅礡的和弦，在在顯示需要一雙大手，而我這纖纖細指與單薄的手掌，常為了無法解決的障礙而傷神。因此，我雖也喜歡其他的音樂作品，但是唯有莫札特的作品能讓我的手指自在悠遊於黑白鍵之間。

我很喜歡古典樂派的風格：和聲簡潔，旋律和伴奏聲部交織出高雅的樂風，其內容就是音樂本身，單純地以樂音來傳達美感，是無瑕的，也是無邪的。而古典時期的鋼琴作品中，莫札特的曲子最令我著迷，一方面是因為我的手能勝任其和弦的厚度；另一方面則是我喜歡樂曲中所透出的愉悅感，縱使是幻想風格的曲子也有令人神清氣爽的片段，讓人彈奏起來不禁在心中泛起快樂的情愫，練習它就不是件苦差事了。

隨著學習階段的改變，我不能只彈奏莫札特的作品，而必須學習浪漫樂派和現代樂派的樂曲，所以二年級以後也就比較少彈奏他的作品。不過，在畢業音樂會的曲目中，我依然擠進一首莫札特C大調奏鳴曲，藉以宣示自己對音樂神童的迷戀。尤其我考取碩士班時的曲目也是莫札特的作品，可見我是多麼喜歡他的樂風。

我愛莫札特，他的音樂清新透亮，音符之中總閃爍著至美的光采，彈奏時就像濡沐在春風中，而自在優遊的雙手一直在感謝著他。

畢業音樂會

前面所提到的實習音樂會，到了五年級時就變成了畢業音樂會，那是全體五年級生一起學習的課程。畢業音樂會即是在那學年中，每個人都要開的一場小型個人獨奏（唱）會，除了有老師評分，科主任更是具有生殺大權的威嚴，還請專人錄影，非常慎重，同學們當然不敢大意。

當時是分組輪流舉行，按照規定，彈奏曲目的時間長度不能少於十八分鐘，其中評分的項目有兩大項，一是自己演奏的品質；另一項是為他組幕後製作（包含印製節目單、宣傳海報等）的用心。舉行的地點是音樂館的演奏廳，可以容納一百多位的觀眾，雖說是小場地，卻是正式的音樂會，每組演出的時間都是利用星期五晚上的時間。因為是正式演出，所以都需穿著禮服，可以穿學校統一規格的禮裙配淺色上衣，也可以到外面禮服公司租用晚禮服，通常我們也會化妝。

既然是連外在穿著都需打點的正式演出，每位同學上台時所引起的注

意程度當然也不在話下，有時還會因與平日的差異太大而引起不小的騷動，譬如極致的華麗禮服、非常蓬的裙子，或者特別豔麗的妝容。不過，演出者可得對同學們的驚呼聲採取忽略的態度，因為後面的演出才是重要的關鍵。

當年我演出的時間是在上學期，我向來的想法是「早死早超生」，不喜歡整年都為那演出而心生疙瘩，演出完了，生活才能回歸自然平靜，誰叫我是天生的緊張大師！為了能有好的演出，事前的準備是少不了的，而且早在四年級時就已為要演出的曲目而傷神了。

要準備好演奏曲子，花的時間可不少，都選擇新練習的曲子實在是很大的冒險，所以通常會包括之前已經練習過的樂曲。我選擇的曲目有三首，一是莫札特的奏鳴曲，第二首是貝多芬晚期的奏鳴曲，第三首是拉威爾的小奏鳴曲，演出的曲目風格包含了三個時期的作品。為了練習，暑假中無法天天快樂無憂地過日子，五年級開學後除了演奏會的曲目，也有期末會考的樂曲，以及平日的功課要練習，日子過得也就十分充實了。

日子在練習中飛快地逝去，演出的日子在緊張的情緒中來臨了。當天我穿的是學校統一規格的黑色禮裙，搭配我特地去買的白色上衣，有著荷葉邊的領子，整體看來簡單樸素。班上的珍安頗會化妝，我請她為我略施脂粉，雖淡雅，和平日的我也極為不同，倒有些羞澀和不習慣。

平日極易緊張的我，當天的演出竟十分順利，沒彈錯音，譜也記得牢牢的，讓我相當滿足。當時林紫鳳老師有蒞臨評分，我還記得她給我的建議是：「對不同樂派的風格掌握要更加用心，才能表現出不同時代的特色。」

演奏結束後，我收到了同學和指導老師的花，也和主任、老師及同學合影，心裡的緊張和壓力瞬間瓦解，但這也意味著離畢業的門檻更近了。如今，雖已事隔多年，不過看著當時的照片，彷彿又嗅出那股演出前後焦慮的氣味……

畢業的抉擇

五年的時間不算短，我從一年級中規中矩的乖乖牌變成五年級的老油條，更從青澀的鄉下女孩蛻變成比以前更具自信的成熟女性。個性上已沒有從前的壓抑，也不再那麼苦情地把自己和貧乏拴在一起，因為當時家裡的經濟已經寬裕多了。到了五年級，心裡盤算的事情開始從考試轉移到畢業後該何去何從的煩惱。

首先要考慮的是要升學，還是就業？留在國內升學的話，唯有報考插班大學音樂系，不過因錄取名額少，我並沒有這樣的打算。有些人考慮出國留學，而費用的昂貴更令我怯步，雖然楊老師誠心地願意貸款給我，可是我並不敢接受這麼浩大的恩惠。那就工作好了，當時憑著學校的畢業證書還不難找到工作。

問題又來了，要去哪裡工作呢？當時有好幾家公司前來學校介紹公司的制度與徵才的資訊，其中一家音樂公司的音樂教育部門更為我們開了一

門課程，主要是公司徵才考試的內容。班上有不少同學參加該公司所開辦的課程，琴房也常常傳出同學們彈奏考試指定曲的樂聲。後來，我決定報考音樂班講師的考試，一方面是因為自己也參加了該公司的課程；另一方面是，啟蒙老師當時開了一家該廠牌的鋼琴經銷店，旗下亦有兒童音樂班的設立，於是很自然地就選擇了這條路。

這樣的抉擇讓當時的我覺得人生頗有目標，也很認真地準備就業考試，雖然畢業的氛圍令人有些感傷，不過，並不會讓我的心情有所影響，反而對未來充滿憧憬，開始盤算以後的收入了。

揮手時刻

熬了五年，終於要畢業了，樹上鮮豔的鳳凰花還比不上內心的奔放，樹林中的蟬鳴倒能幫著發洩胸中想要的大叫，「唧、唧、唧、唧——」的聲響撼動心頭。

回想過往，許多辛苦其實到後來都發酵成甜蜜的回憶：做報告和寫作業的煩悶、考試前的蠹書聲、參加活動的狂野、每天打掃校園的苦樂、每個寒暑的宿舍點滴……，全都要打包了。對校園沒什麼捨不得，畢業典禮上想擠出的眼淚都乾涸了。領了畢生中第二個全勤獎及畢業證書後，畢業典禮也就沒什麼留戀了，好一個絕情的我！不，我不是這麼樣的人，我在乎的是同學，那朝夕相處的同學，想到要和她們各分西東，心裡還是充滿了依依離情。

畢業那年，教我鋼琴的楊貴容老師要移民去澳洲，這讓我有很深的不捨，因為那有點像是永別，明知難以再見卻要說再見，好無奈！要離開楊

爸❶的門下也讓我有些難過，心裡想著還有機會見面，卻難忘楊媽的愛心晚餐，以及楊爸的熱情笑靨！

不再有術科會考了，練琴的動力將不再來自外力，而是內心的毅力——喔！令人擔心的毅力。想到這裡竟有些憂喜參半，主修聲樂的同學——靜嫻說將從此告別歌壇，多麼豪邁的一句話！

揮手吧！青春年華的五年，再見了！台南、學校、我的同學。

❶楊爸指教授筆者小提琴的楊國仁老師。

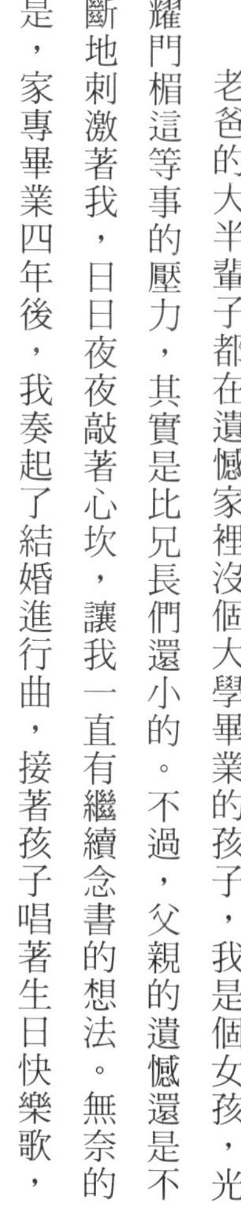

寫在琴聲之後

老爸的大半輩子都在遺憾家裡沒個大學畢業的孩子，我是個女孩，光耀門楣這等事的壓力，其實是比兄長們還小的。不過，父親的遺憾還是不斷地刺激著我，日日夜夜敲著心坎，讓我一直有繼續念書的想法。無奈的是，家專畢業四年後，我奏起了結婚進行曲，接著孩子唱著生日快樂歌，把這個奢侈的夢想推向更無際的穹蒼。

我依然不死心，等到第二個孩子入學讀幼稚園後，我再度打開琴譜認真練習，就像在家專讀書的時候那樣，規律地、有目標性地練琴，還拜在葉乃菁教授的門下。當時葉老師透露屏東師範學院將成立音樂碩士班，我聽到這樣的消息感到雀躍無比，葉老師也鼓勵我在學習的大海中更上一層樓，於是就把考研究所視為人生的下一個大目標。

第一年，我考了個備取，心裡有些高興，又有些失望。高興的是，一把年紀了，實力尚能追隨年輕人；失望的是，我並沒有如願進入研究所。

第二年，因為工作量較大，練琴的時間不夠，所以還是名落孫山。我心裡想著：再給自己一年，第三年如果沒考上再放棄吧！皇天不負苦心人，第三年我如願考取了研究所！剛接獲錄取通知單時，我的一顆心顫抖不已，趕忙把通知單拿回娘家給父親過目。我沒多說什麼，只是把信封交到父親手中，老爸狐疑地取出信件，並不知道發生什麼事，直到閱畢其中的訊息，老爸的臉上才綻放了燦爛的笑容，這是我最想要看到的表情，他還揶揄了我一句：「要當老學生了！」

將近不惑之年才讀研究所，而且還是以專科學歷的資格報考，所以念起書來自是比同班同學還辛苦，同時又要兼顧工作與家庭，可謂「蠟燭三頭燒」。在就讀期間，因對電腦一竅不通，上起課來更是膽顫心驚，還好班上的晏瑀和明芬常常耐著性子慢慢教我，方能順利地完成報告和論文。由於加修了師資培育的課程，所以花了三年才得以畢業，辦好離校手續那天正值自己的生日，我沒有高興得手舞足蹈，只感到完成任務後的踏實。

雖然來得有點遲，還是欣喜終於能實現父親埋藏在心底的心願，因為

我知道，只有這樣的事情能安慰他、能令他高興。完成研究所的學業，我的音樂學習之路也就真正告一段落，無法再提起勇氣去考博士班了。

回憶起這段音樂之路，心裡充滿著對父親的感恩，沒有他的大力支持，音樂之路如何走得下去？雖然這一路走來並不十分順遂，也曾一度產生練習低潮而萌生放棄的想法，但憑依著父親的慈愛，我還是堅持過來了。音樂的學習豐富了耳朵所接收的聲音，更能領略聲音所帶來的美感，生命中怎能失去它呢？

現在，在學校音樂課的場域中，耳聞莘莘學子的稚嫩歌聲，自己當年的身影彷彿浮現於眼前……

第二部　細語

走在人生旅程的半途，想把以前的罣礙拋開，
嘗試用新的想法，繼續走向未完成的旅程。
於是用慢活來烹調，以樂觀來調味，
再灑一些平凡的香料，
就是一道獨特的生活料理。
請您細細品嘗，感受我的真滋味。

煲快樂過生活

快樂不是富豪的專屬品，也無法用金錢購得，
一個人是否快樂端視他的知足。
快樂不是時時刻刻地哈哈大笑，
而是一顆滿足而恬靜的心常常在體內溫熱跳動。
蒐集周遭小小的美好時刻，用悠閒的文火熬煮，
煲快樂過生活。

自然教室的春天

在人生的轉角，我遇見了它，也許是前世的緣，倒也來得平凡無奇，沒有迸裂火花的激情，卻是人生歷練中一段溫暖的際遇。因某位教師請假，於是代理了科任教師的職務，從此自然教室成了我的教學王國，而我就是這個王國裡的女王。

三月春光，如果天氣好，太陽早在我進教室之前即已露臉，不慍不火地，恰好把寒氣給逼走；不刺不痛地，照在臉上讓膚色變得明亮。走進王國，恰如走進金碧輝煌的宮殿，一屋子的金黃，還隱約嗅出屬於春天的那種氣味，混合著泥土、露珠、玫瑰花的芬香，經過風的揉捏之後所帶來的味道。放妥隨身的物品，擦拭自用的桌椅，再把桌邊的窗戶推開，讓窗外的景色跳進來。

從窗口望去，是一排整齊的樹木，站在司令台的兩旁，經過冬季的瑟縮，還殘留著蜷伏的枯黃。枝頭卻有探出頭來的嫩尖兒，抹著新鮮的綠，

隨著風的挑逗，不時露出抿嘴的笑意。往右邊看去，是另一排長得俊俏的綠樹，一副方頭大耳的模樣，任冬風冷冽也不改臉色，在涼亭紅柱的映襯下更顯得蒼翠。樹下的草皮可沒閑著，為了遮蓋裸露的泥土，拼了命地伸長脖子，緊挨著地面喘息，有時還冒出斗大的汗珠。遠方佇立著幾棵壯碩的椰子樹，以及一片清瘦的槭樹，集合所有的綠光，就是我眼底的顏色。

春風從西南邊穿過綠意到我的桌旁，帶來啁啾的鳥聲，有呢噥，也有清亮的聒噪；有悠閒的幾聲插入音，也有頑固的伴奏音型，渾然是「巴洛克」的那種華麗——複音音樂的流動，各自發展卻又讓人驚豔的和諧。孩子的聲音是此時春意裡的主題，有時是小女生的軟語，有時是男生敞開喉嚨呼號而過的聲音；有些是教室裡讀報的朗朗聲，有些則是嘻鬧時的吶喊。在窗外綠光的渲染下，這些不同聲部的流動更透著活力，總要在上課鐘聲響起，才能畫上短暫的休止符。

春天的教室裡總是有那麼幾分舒逸，沒有夏炙時狂吼不止的風扇聲，也沒有冬天時在窗外呼號的寒風，在女王慣有的講課聲中，還能爆出些許

笑聲在春風中飄蕩；如果孩子們喧鬧得過分，女王的犀利目光就像突然刮起的冷風，為暖和的春光憑添一許寒意。不過，這絲寒意很快就被笑聲驅走，如此折騰幾回，下課鐘聲總會適時地解放大夥的靈魂，救贖方才在空氣中的凝結。

下課時光更是美好，女王總是在這個時候化身成平民，和學生聊天、聽他們讀報、以甜蜜塞滿他們的小口，在他們的談笑和感謝聲裡找到了生活的春天。孩子們常常為了得到獎賞的糖果而喜歡來讀報，所以下課時候的王國充滿了許多念讀聲，有時還會彼此競賽誰的聲音響亮，連窗外的麻雀都黯然失色，因為童音鬧得綠樹的葉片都要捲起邊來，進入我耳裡的聲音也不時滿溢出來。

有時難得沒課，那是女王安心做事和享受清靜的時候。一早是享受早餐的良辰，來一杯牛奶麥片，和著春天的嬌媚，喉頭盡是滿足。有時一兩位孩子走過，不忘向我打聲招呼，甚至丟下幾聲讚美，那一天的精神便一股腦兒全活了過來。吃午餐時，也能享受片刻的清靜與優閒，放個音樂，

配著飯，有時還能兼著收發電子郵件。不過，一些孩子總是在吃完午餐後來捅破這清靜，要糖吃、借牙膏，或談心。他們好像一天沒來，整個魂兒都不對勁，我也會有些空虛。假如不趕著離開，放學後是愜意的，讀小說，或者照顧自己的部落格，有時也改個作業什麼的，在餘暉中享受自己。

我的教學王國每天有笑聲、讀書聲，伴著窗外的樹影、春光及鳥鳴，我這女王每天有享用不盡的春天。

從秋天出發

空山新雨後，天氣晚來秋。
明月松間照，清泉石上流。
竹喧歸浣女，蓮動下漁舟。
隨意春芳歇，王孫可自留。

這首詩作「山居秋暝」道盡了秋天景色的美好，而歸來洗衣女的談笑聲更為此刻增添了悠閒之情。秋天雖有落葉，許多文人也常苦於颯颯秋風所捲起的一股蕭瑟及哀愁，但沒有秋天替花兒樹木卸下妝容，春天將如何為大地添加美麗的色彩？

正逢秋高氣爽的季節，颱風過後，間或的雨水使空氣漸漸地舒爽起來，陽光變得溫柔了，之前大刺刺的強光竟有了些迷濛。這樣的溫度，這樣的氣候，令人想要旅行，想要沉思，更想孤獨。

常言道春天是立計畫的好時節，那鼓著雄心的計畫似乎就是要伴著初冒出頭的綠苗才夠看。秋天卻是年歲即將溜逝的預報鐘，計畫隨著變薄的月曆，豈不讓人易於撕去而告終！以前我真是這麼想的，每年的秋天，心裡總是包裹著一絲愁緒，在秋風中蒼涼而抑鬱，而那所謂的計畫，嘿！來年再說吧！

想法該改變了！學年的開始不就是在秋天？小鳥在秋天不是正要長出新毛？生命的開始不是芽冒出來的那一刻，而是種子埋進土裡時。對於秋天的想法，不應被那沉鬱的天空所影響；不應讓落葉乾枯自己的熱情；不該讓秋風吹散編織好的夢想之網。

人生中轉折無數，階段的變化並不依照節令來行事。所以，雖是秋收，卻孕育出了明年希望的種子。這樣的季節是成熟的，也意味著將有新的人生看法，你能說這不是開始嗎？

從秋天出發吧！去你的夢想國度，去埋下人生希望的種子。我現在是這麼想的。

化思念為行動

不知怎麼地，在秋天總是特別思念起友人，尤其起風的時候，片片的眼淚從樹身上掉落，在土裡依然窸窸窣窣，更催促了相聚的引信。於是，最近安排了些聚會，周遭雖是秋風蕭颯，心裡卻有溫暖盈滿。

大部分的時間裡，我們常常用工作牽絆自己，俗世的規章法則讓我們安於職責的本分，於是任內心的思念不斷地啃噬，終致靈魂麻木；朋友則是散落西東，怎麼也兜不在一塊兒。遇到有情人，彼此的友誼尚能殘存；不幸者，從此是相隔兩地，是曾認識的陌生人。

不過，生在現代就是有一個好處，那就是有很多聯繫的管道，舉凡電話、簡訊、即時通……讓我們逃到天涯海角都能收到遠方人的訊息。可是光聽到聲音或看到文字無法解慰所有的思念，思念這種東西需要活生生的人站在眼前，要有眼神和感情當背景，我們才能宣洩，才能傳遞彼此的需要。

年少時有很多同學，每天見面，但不一定知心相惜，那時體會不出要維繫一份真摯的朋友之情有多麼地困難。出了社會，認識的人很多，人際關係的網絡複雜微妙，能談心的朋友卻稀疏可數。如果人生中能有三兩位知心友已屬可貴，有情之士應當深知把握之道，除了善用現代的科技，相約小聚正是撫慰彼此現代化普遍焦慮情懷的良方。

也許你每天有接不完的電話、收不完的簡訊、開不完的會，如果能和摯友相聚豈不更好？我們不能永遠寄望於未來，未來和自己的期許往往有很大的落差。現在不能把握，如何談及未來？兩個單獨的月如果不能聚首，「朋」字該怎麼寫？兩位從不見面的友人，情要怎麼牽？

我們的心中都有答案，怎麼行動，看你了！

也是目送

龍應台女士出了本書——《目送》，主要是敘述她和孩子之間的互動與情感。每位母親目送自己孩子的背影，除了有一股被孩子拋在腦後的寂寞感之外，更多的情緒應該是擔心與祝福。唐代劉長卿作了首〈送靈澈〉，他送的不是孩子，而是朋友，一位修行隱居的好友：

蒼蒼竹林寺，杳杳鐘聲晚。
荷笠帶斜陽，青山獨歸遠。

翻開唐詩，古人筆下的離別之情有許多愁苦傷懷，所謂「輪台東門送君去，去時雪滿天山路。山迴路轉不見君，雪上空留馬行處」❶；「寒雨連江夜入吳，平明送客楚山孤」❷；「金陵子弟來相送，欲行不行各盡觴」❸，送別的心情多麼寂寥，又是多麼地依依不捨！不僅目送朋友離開

的人難過，連踏上旅途之人的內心也是戚戚焉，正如李白〈送友人〉詩中所說的「浮雲遊子意，落日故人情」。相較於傷感的離別情，劉長卿這首詩顯得樂觀多了。

在傍晚的鐘聲中，靈澈帶著斗笠，迎著夕陽踏上歸途，在如此清幽之境，作者目送好友獨自消失在綠林之中，沒有淚眼相對的悲涼、沒有依依不捨的濃情，是一派瀟灑恬靜的胸懷。試想，是什麼讓別離可以如此高雅？應是靈澈當時已是修行之士，紅塵的紛亂俗情自然無法侵擾心湖，所以可以瀟灑離開。長卿身在俗塵，好友來訪自是欣喜萬分，在幽靜深處與好友品茶談心，雖不能留住好友的身影，也能細心體會有朋自遠方來的滿足。

❶岑參，〈與高適薛巨登慈恩寺浮圖〉。
❷王昌齡，〈芙蓉樓送辛漸〉。
❸李白，〈金陵酒肆留別〉。

時光匆匆，夕陽和鐘聲催促了朋友的腳步，在相知相惜中目送朋友離去，心中無憾，卻有祝福，也把重逢的期待拋向那青天綠林，人生至此境界，寬闊無礙。

人生歷練至今，仍在學習這樣豁達的胸懷，深深冀盼自己，除了流露朋友相逢時的熱情，目送朋友背影離去的時候，也該有另一份灑脫之情。不要揮別的黯淡、不要離別的傷感，只要把祝福揮向遠去的友人，陪伴對方安然抵達歸處。記取相處時的快樂，留存在自己的心中，讓它，發酵成香醇。

享受孤獨

千山鳥飛絕，萬徑人蹤滅。
孤舟簑笠翁，獨釣寒江雪。

這首柳宗元的〈江雪〉是大家耳熟能詳的詩作，詩中描繪的白色世界中，只有一位穿著簑衣、帶著斗笠的老翁在釣魚。安靜的畫面裡，唯見紛飛的雪花和一顆沉靜如水的心，外物已不能影響老翁獨釣的樂趣。

不知道你是否認為這位老翁瘋了？這麼寒冷的天氣，在家吃火鍋豈不自在，何苦非要這個時候出去釣魚？我可以確認的是，在這麼冷的天氣裡獨自釣魚，也許是沒有同好可以結伴，或許是老翁根本就不要人作陪。會有這樣的舉動，只因為他要做自己喜歡的事情。當我們在做自個兒喜歡的事時，動機和耐心絕對是加倍的，狂風暴雨之阻、千山萬水之遙，在自己的熱衷之下總能一一克服。

世人常覺得孤獨是負面的、可憐的，硬是要投以憐憫之目光。我卻認為，所謂孤獨就是「獨自一人」，至於獨自一人是什麼情緒，可得問問他本人才能得知，旁人如何能透視他的內心呢？有些事需要大家的參與才能得樂，有些事卻是要獨自一人享受，有人在旁只會干擾，致使樂趣盡失，例如獨自散步、寫作這類事情。

我很喜歡獨自散步，在步伐之間營造自己的世界。外在而言，視我為一封閉的世界，因外界的人車吵雜都無法進入來干擾我。然以內在而言，心中的世界卻無限地開闊，有大自然，有思考，更有自己。寫作也是我喜歡的事情，生活中的體驗、酸甜苦辣的心情都是我的材料。社會中難有知己可以時時傾聽自己的心聲，所以常常「投訴無門」。還好有寫作，它是我的表達方式，也是自己情感的流露。獨自在電腦螢幕前敲著鍵盤，用文字來剖開溫熱的心肝腸肚，讓我覺得既舒暢又滿足。從事喜歡的樂趣，又恰好無法與他人共享，此時自有孤獨的快樂。

喧鬧的世界，如果沒有你熟悉的聲音，其實你是孤獨的；人來人往的世界，如果沒有和你同方向的人，其實你是孤獨的。不必害怕孤獨，你可以掌握自己，享受自己的世界，在孤獨中創造獨特的快樂。

孤獨是一種洗滌劑，可以淨化俗世的靈魂。唯不能日夜使用，因為它也會使人走入絕境。

我看唐詩中的愛情

古今中外，愛情常常是文人筆下的題材，就如藝術家喜歡將女人的胴體化為畫布上的線條。愛情之所以成為創作的題材，主要是因為它具有多面向的情緒和感受，無論從哪一個角度來審視，都無法看清它的全貌。於是乎，永遠都有新的見解與描述，端視個人的際遇與體會。唐詩中對愛情的描述有不少，詩人筆下的愛情呈現了哀愁喜恨，撥弄著千年來人們的心弦。

每每瀏覽唐詩，發現詩中所描述的愛情大多是愁苦的，而愁苦的原因往往是有情人無法相守，尤其是夫君從軍，戍守前線，為妻者日夜空閨，那相思之情不斷地折磨有情人。例如沈佺期所作的〈古意〉中，盧家的少婦十年未見丈夫，生活雖富足，心中的寂寞愁苦無人能訴，更不知夫君安危，只能羨慕梁上的海燕，在月色之下獨自流淚。金昌緒唯一流傳後世的一首詩作——〈春怨〉所描述的少婦也是為相思所苦，日夜不見良人，只

能在夢中與夫君相會，那吱喳吵雜的黃鶯擾了她與丈夫的夢中相會，氣得拿起竹竿趕牠離去。

古代防守邊疆的軍人，要回鄉著實不容易，除了拿刀和敵人廝殺，少不了在邊關之間奔走防守，日子一久也會興起怨心。柳中庸的〈征人怨〉詩中便能透徹這種無奈。所以，當時身為軍人及其配偶是多麼地痛苦！那維繫兩地相思的愛情，每到月圓人靜之時，心中的苦楚與孤寂早就淹沒愛情的甜蜜了。如果現代人經歷這樣的苦楚，會不會紛紛變心求去？我真的沒把握！古代人之所以如此，最大的原因是通訊的不易，書信的往返費時耗日，一來一往，不知何年何月，也許兩鬢早已花白還等不到回音。現代的通訊技術進步，今日的軍人和家眷雖常有異地相思之苦，比起古代人來還是幸福得多。

另一造成愛情愁苦的原因是得不到愛，也可以說是單戀，而這樣的單戀在唐詩中的寫照就是宮女的哀怨。她們在花樣的年華即受召入宮，日夜所盼望的就是能獲得皇上的寵愛，有朝一日能飛上枝頭做鳳凰。後宮佳麗

有三千，何時才能得到皇帝的青睞，那真是渺渺茫茫而不知，無止境的等待正是釀成愛情苦酒的酶。這樣的愛情不像前述的那樣堅貞，但是所受的苦也不相上下。令人心酸的是，這樣的單戀相思隨著時間的逝去而變成絕望。為了博取皇上的歡心，精心打扮自己是不可少的，在劉禹錫〈春詞〉中的「新妝宜面下朱樓」，以及薛逢〈宮詞〉中所描述妃子如何打扮自己來等候皇上的詩句中，略可領會。如果只有蜻蜓愛她的髮香，卻等不到皇上的憐愛；或者等了多時卻不見君王，那情況就會演變成李白〈玉階怨〉中所描述的：詩中的宮女不知站在門外有多久，連襪子都被露水沾濕了，盼望的人還是沒來。更糟的是，如果隨風傳來其他嬪妃的笑語，那淒苦悲涼的心應是比冬雪還冰冷，淚水比長江還要多罷，顧況的〈宮詞〉以及白居易的〈後宮詞〉詩中所描寫的就是這種悲慘的寂寞。

這樣的愛情，其中的賭注何其高！把一輩子的幸福押在深宮之中，如能獲得皇上的寵幸，也許能飛上枝頭當鳳凰，但是也有人從少女等到年華老去，終其一生而從未見到皇帝。這樣的代價對於現代的女孩來說，可能

是無法接受的吧！即使能獲得皇上的垂愛，卻無法確定帝王的心意，失寵以後的境遇大概也令人心酸。在朱慶餘的〈宮詞〉詩中，深刻地描寫了兩位失寵的宮女不能吐露「宮中事」的苦悶，深怕鸚鵡學了人語而徒生困擾，甚至招來災難。如此遇到同病相憐的人卻不能互吐心事的日子，套進現代人的生活之中，想必早已憂鬱纏身了吧！

前述的相思苦均是女性思戀男性，其實唐朝也有深情的丈夫，妻子死後依然懷有真摯的思念，那就是元稹。元稹的三首〈遣悲懷〉，詩中充滿了對前妻韋叢的感念，感念她生前對元稹的真情，不嫌棄他的貧苦而甘心與共。韋叢死後，元稹非常思念其妻，面對她生前的女婢更是想到以前的情景，也曾因夢見亡妻而去施捨捐款，更興起一輩子懷念妻子的決心。也許元稹有傳宗接代的壓力，後來也再婚生子，不過他這種真情真是教人感動。

自古以來，貧賤夫妻百世哀，生活窮困的夫妻為了三餐，哪有閑情說愛呀！他們的愛是表現在彼此的體貼與共同患難的生活中。古代的婦女無

法外出賺錢，她所能想出體貼丈夫的辦法大概就是摘野菜、尋找柴火、縫補破衣和勒緊裙帶。而韋叢竟為了丈夫要喝酒而賣掉頭上的金釵，可見她對元稹的愛是多麼地深切，願意付出自己所有。也就是因為她的愛，死後讓元稹對她如此懷念。而他對於亡妻所能做的，除了思念，就是奉上齋飯、念經為她超度，後來的功名已經無法和妻子共享了。從這樣的故事來看，及時有多重要哇！要愛一個人何須等到富貴之時呢！財富多的人是否愛意就會濃一些，這沒個準，我不能在這裡信口開河。倒是有些人一朝有了財富，卻冷落了糟糠妻，甚至在外另築愛巢，最後落得人財兩失、家庭破裂，所付出的代價不小。

愛情在貧賤的夫妻中有無盡的愁苦，在富貴人家中其實也有對愛情的埋怨。在李商隱的〈為有〉詩中，道盡了當官的丈夫深怕妻子對他埋怨的憂心，而從中也能讀出官家夫人對於天未亮就要上朝的夫婿，內心所產生的無奈。我並非官夫人，很難體會那種愁苦。但身為現代人，眼見多少夫妻雙雙上班，天天早出晚歸，回到家已精疲力盡，一天當中跟先生所說的

話也是少得可憐哪！尤其是夫妻雙方上班作息時間不同，豈只無法和丈夫相擁晚起，連晚上可以共眠的機緣也得等到假日了。經過這樣比較，這位詩中的官夫人還是頗幸福的呢！

唐詩中的愛情故事雖已久遠，所呈現出的情愛滋味並不亞於現代，區區二十幾字卻讓愛情的面貌逼真於眼前，有如濃縮的汁液，讓人心底的情感濃郁得化不開，除了讚嘆那偉大的詩人以外，還是不免要歌頌愛情一番。

手工書

我所謂的「手工書」，就是用手拿筆親自寫下的信。這年頭已經不興這一套，所以愈顯得它的珍貴，如果哪天你收到了這種傳統的信，別忘了裱框起來，以做為傳家之用。

我很喜歡寫信，年少時每星期總要寫好幾封，而朋友也不忘回信，故儲物箱裡有我保存多年的信，幾百封喔！以前朋友之間的聯繫全都靠寫信，有時效性的事情才用電話連絡。寫信的好處很多，許多嘴巴說不出的話語，透過書寫總能傳達得透徹，卻不失委婉，所以朋友之間總能溫雅相待。尤其在表達感情的時候，寫信所能透出的溫度，絕對不輸給當著面的甜言蜜語，而且還能保存起來，不時反覆回味，更加滋潤著有情人的心。

把信寄出去以後，日子就多了期盼，生活也就變得有味道了。收到了信，還沒拆開，一顆心早就在噗通噗通地狂跳。讀信的過程因人而異，當然也視信的內容而有所不同，有時嗤笑，有時同嘆，更有一股通透朋友內

心的感覺。對當時的我而言，收信是快樂，寫信更是享受，青春在信件的往返中燃燒，熱情在字句行間蔓延，年輕的翅膀不斷地揮動，那股勁兒可不比現代的年輕朋友們遜色。

感嘆的是，拜當代科技之賜，現在已經沒有可寫「手工書」的對象了，真要寫，收到信的人大概也會覺得你是否為「前朝遺老」，要收到回信必定是比登天還難。雖是如此，近來自己興起了一股寫手工信的衝動，想要回味年少時的輕狂，也期盼重溫當年的感動。如果哪天收到我的來信，請不要昏倒，拿起筆來回信才是正經事。

年輕的朋友，是否想要感受手工書的魅力？首先為朋友挑幾款漂亮的信紙，再把內心的溫度調到沸騰，那麼你的滾滾情意將乘著郵票傳到友人的手中，從此展開新的友情里程碑。

擬人隨筆——手機的夢囈

你還沒關掉我嗎？我的工時已經超過了太多，現在的腦子裡只有沉重的睡蟲，以及電流通過我的時候所發出的「嗯……」。

你已經睡得不醒人事了，漫漫長夜裡只有我在旁邊守著你，還要忍受你口中不時發出的鼾聲，這對我實在不公平。明天早上六點半要叫你起床，這件事我從來不敢忘，以免再次被你摔向床鋪，口出「洋」穢言，頓時讓我以為到了美國。上次你重新設定了起床號的吹奏時間，我雖然盡責地叫了你，卻還是要遭受你的毒手，而從你口中發出的「洋文」，竟把我搞得一身是大便，不過還好是狗的，如果是你的，我寧願死。

我覺得你對我太過依賴，連女朋友的電話也要我幫你記著，真懷疑你的腦袋到底還裝了些什麼。還有，不要每次都要我幫你向女朋友傳話，一些言不由衷的甜言蜜語留著你親自向她說吧！我還是有些道德修養的哩！傳達不實在的話讓我的道德觀蒙羞，良心譴責得厲害呀！不過，我倒是很

樂意幫你送些軟語到你母親的耳中，更喜歡聽到從她口中說些關懷你的叮嚀，讓我覺得自己也是有媽的孩子。

雖然你對我如此嚴苛，不過還是得要感謝你記得我的用餐時間，不致讓我有一頓沒一頓的。上次聽你說我的前輩就是常常忘了吃飯，不然就是吃得太脹，導致腸胃出了問題，最後回天乏術而一命嗚呼哀哉，可見你從中已經學到了一點慈悲。如果你能把慈悲發揮到極致的話，我會更加感謝你，畢竟一邊吃飯、一邊要我工作，讓我的用餐心情受到極大的影響，消化也因此不良。不知什麼時候你才能願意讓我休息一下？哪怕只是五分鐘也罷。老天爺一直沒聽到我這小小的心願，是不是因為我不是人類，所以有了待遇差別？

唉！生不逢時，現代我和我的同行背負的責任這麼繁多與沉重，卻要我不斷地瘦身減肥，以節省我在你身上所佔的空間，這相對於你對我的依賴，真是令我難解。最令我難以忍受的是，我日夜不眠不休地對你提供服務，而你卻時常欣賞其他的手機，甚至拿來和我做比較，無視於我的自

尊。做人不要這麼絕情，小心有報應喔！起床號的吹奏時間還未到，可是你的老闆來了，讓我播出那首「跟我說愛我」。快接吧……

不知道這是不是報應！

宏宇小語

有了手機之後，我們常常無處可逃，因為深怕漏接了電話，所以我們甘於被它征服。

散步的樂趣

散步是一件很隨興的事情。心情好，散步可以讓自己沉浸在喜樂的蜜汁當中；心情不好，散步能夠使你的情緒得到紓解和沉澱；有難解的問題，散步常常令人能夠冷靜下來思考；無解的難題，散步正好讓你發個呆，清空自己的腦袋。我不善於運動——應該說是不愛運動，卻獨鍾情於散步，在散步的當中，我和自己的心靈是貼心的密友。而在不同的年齡或時期，散步的動機和時機又往往蘊含著不同的人生經驗。

在青少年時期，常常和同學結伴上廁所、找老師和上福利社，往目的地行進的時候，散步就是我們的交通工具，那當兒也是聊天的快樂時光，雖然只有短短的下課時間，但是一天當中，總是可以來個好幾回。那個時候的散步，除了有時需要向師長行禮問好，重點都放在和同學談心，旁人和路樹只是我們散步時的布景。散步當中，只見小女生依偎著說話，交換彼此之間的熟悉眼色，偶或露出天真的笑容。一天當中常常與不同的同伴

一起散步，小女孩之間的感情濃度，甚至可以用散步的頻率和次數來當作評斷的計量單位。

長大之後，在台南就學，美麗的校園是散步的好地方。那個時候對於散文、小說和生活散記非常著迷，只要一有空，學校圖書館的藏書區就是我最愛駐足的地方。書看久了，心中總醞釀著寫作的慾望，因此，散步時也就成了我尋找文思與創作題材的時間。文人筆下的小草、小花，總是透著平凡生命中的感動，而對學校一草一木的觀察與互動中，也讓我從中獲得許多靈感與思索。

所以，在散步的過程中，自己的五官變得更靈敏了。一陣風吹拂，就想像成了女郎輕身掠過的薄紗裙襬；看到一朵小花，也會情不自禁地低下身子去感覺它所吐露的氣息。春天小池中的蛙影、夏天樹林中的蟬鳴、秋天隨風飛舞的落葉，以及冬天冷冽的寒風，全都是散步時的主題曲。我的散步時光，充滿了對周遭關注的思緒，在規律的踱步中，傾聽生命的呼吸。走過的步道、角落或小徑，空氣中總瀰漫著濃濃的文學詩意，想想，

當年徐志摩在康橋也是如此吧？

隨著畢業，浪漫的散步情景不再，能夠享受散步樂趣的時間，大概就剩下徒步走向車站的時候了。沒了花，少了自然氣息，卻有來來往往的車子呼嘯而過。在半空中揮之不去的濃煙漫漫，眉頭和鼻子皺在一起的恐怖面容，讓散步不再悠閒。有時還得追著公車跑，有幸得以上車，氣喘吁吁的模樣早讓氣質美女的形象破滅。萬一沒有搭上車，方才散步時的好心情八成也隨風散去。散步不再是怡然自得的享受，工作結束時的疲累，把原來上班的同一段路，變成有如在爬天梯般地遙遠，心裡想到的盡是：「快點回到家吧！」因此，我所喜愛的散步時光，在這個時候不知去向，是工作的關係呢？還是內心在現實的世界中迷惘？

這樣的光景在孩子出世後終於有了改善。除了工作壓力已經解除，另一方面，孩子也因為學步的關係而喜歡到戶外探索，所以，散步變成了我每天當媽媽的必要功課。帶孩子，公園是最好的去處，每次推著車子或牽著小手去到那兒，嘴巴還不忘對著小兒吱吱喳喳地說著：「這是好高的

樹」「那裡有好多的花」「小狗好可愛」等等，彷彿是一台語言學習機。昔日在花草樹木之間尋找文思，這個時候又在自然的風光中，教孩子認識周遭環境和學習說話。兩方對照之下，更覺時光之荏苒，心境之轉變。孩子在散步中盡情活動，我在散步中擁抱孩子的成長，散步的時光就是我和小兒的親子時間，我也在陪伴孩子的當下體驗了為母的情趣。

現在，孩子都大了，那雙小手如今可以輕易地把我的手包覆著，也不需要媽媽帶著去散步。倒是自己年屆中年，較之當年可謂身材走樣、小腹微凸，著實需要好好地活動，才不致於讓身體肆無忌憚地橫向發展。我是不愛運動的，但散步是我維持身材的唯一利器，每天走上一小時，十天下來，效果也不錯。所以，只要有空，我都會和外子一起到住家附近的小公園散步。如果有月亮相陪、晚風繚繞，那是最快意的事情，能讓一天的疲憊獲得紓解。在散步的過程中，不僅和孩子的爸一起討論、想像孩子的未來，也會共同勾勒以後退休生活的藍圖。一邊走，一邊說，許多家庭中的大小問題，都常常在這種沒有桌子的行動會議中「三讀通過」。

多年來，散步始終是我最愛的活動，仔細推敲其中的原因，是因為它不會讓我氣喘如牛又滿身大汗，更可以在散步當中思考與聊天，在動靜之間，始終維持了優雅的形象。再者，散步沒有刻意需要準備的服裝，大熱天，來個短褲；寒流來了，圍個圍巾、頂著帽子也無妨，全視你的心情而定。如果你夠浪漫，打著傘，在濛濛細雨中欣賞景色，有時也會有意外的收穫。這個輕鬆又優雅的活動，沒有規則與時間限制，如果心情愉快，腳步自然輕盈；需要減肥或運動，走快些便是了。最大的好處是，獨享或共享都一樣令人愉快，不會因為少了人或對手，產生玩不成遊戲的遺憾。這樣的美好，真是讓我難以離它而去。

我很幸福，在紛擾的塵世中，依然保有散步的閒情逸致，無論是年少或現在，看似緩緩的腳步，卻滋養了我的心靈。無論是對景物的端詳，或從自我的審視中，均能透視最深層的心念，也讓我貼近了真實的自己。

現代的現實社會，忙碌的生活與追求快速的態度，常常讓人忽略了散步的樂趣。如果不趕時間，其實隨時隨地都可以來一段兒，半小時也好，

五分鐘也罷，只要把心帶進去，箇中世界任你創造。現在許多企業公司都會有所謂的「Tea Time」，就是希望藉著短短的休息時間，讓員工的情緒和心靈獲得沉澱，獲得再接再厲的工作動力。我想，散步也是一樣的，從慢步的沉澱中，你可以從中找到自己想要的東西。

來吧！散個步。

為生活找樂趣

不論你是學生、上班族或家庭主婦，每天的生活大概都有固定的作息，久了之後，你將會發現自己像是元宵節電動花燈裡的人偶，不斷地重複設定好的動作。倒不是說這樣有什麼不好，反正過日子就是這樣，許多人是這麼樣給我回答的。

其實我也喜歡有固定作息的生活，什麼時候該做什麼，就不必花一堆腦筋記下每天該做什麼事，也不會有忘了某些事情而鑄下滔天大罪的遺憾。不過，規律的生活中如能找一些平日不會做的鮮事，讓自己的心跳更加有勁兒，其實能讓你更喜歡生活，填實生命的樂趣。

平日不買獎券的我，對大小樂透、威力彩皆是心如止水，要賺我的錢可不是這麼容易。不過當周遭似乎有些奇怪的跡象或不平常的遭遇時，我就會買張彩券來試試運氣，讓生活頓時有了追求的夢想，那種心跳加速的感覺，有點像遇到了新的戀人。

話說有一天，打算煎個蔥蛋，於是從冰箱拿了幾顆蛋。打了第一顆蛋，是雙蛋黃；第二顆，咦？又是雙蛋黃；第三顆，哇！我的老天爺，還是雙蛋黃！我不禁雀躍了起來，心裡直想著：財神爺要告訴我什麼嗎？於是，第二天趕忙去買了兩張大樂透，然後開始作起夢來。

等待的日子並不會讓我瘋狂，買獎券只是生活中的小插曲，不需用生命去擁抱它。如果中大獎，從此歸隱山林，寫寫文章自娛即可；中小獎的話，把錢留起來繳電費，以補貼使用電腦寫作時所耗的電力，這也不無小補；真的沒中獎，就努力地繼續生活。

結果……現在我還是努力地生活。不埋怨財神爺開我的玩笑，畢竟偶爾買獎券真的有趣，為我的生活激起了水漣，一圈一圈一圈……

溫一壺暖過冬

這一陣的雨水帶來了冬天，秋的清爽一骨碌地消跡了。窗外的竹林突然地靜默起來，天上的雲沒了型，朵朵雲瓣早已散成不均勻的灰。透進屋裡的初冬，還帶著雨滴的清冷，一種令人不思活動的溫度。此時，如果有一杯正哈著熱氣的飲品，那是最快意不過的。我們的體溫隨著啜飲至口中的汁液慢慢湧向心頭而上升，終至擴散到指尖的微血管，心裡頓時有了熱情。

冬天，許多人向來喜歡進補，街上的藥膳、薑母鴨店，此時又是鬧哄哄的一片。從店門走過，鼻子也不禁被牽了進去，對那屬於中國人特有的味道聞上一聞。不過，現代人的營養太好，老是補這些食物進去，恐怕醫生又要來個耳提面命，搞得自己像是犯了滔天大罪。冬日其實不必這麼大費周章，要抵抗外面的冷冽，一壺茶水便已足夠，今天放香片，明兒個弄些濳耳，什麼麥茶、花茶都行，我們在意的不就是那握在手心的溫暖，讓我們能融化心頭的顫抖？

最令人感到溫馨的是，從北風中歸來，家裡能有現成的熱茶水伺候。冰冷的手接過一杯的溫暖，方才的哆嗦頓時被收了去，就像裹了一身的棉襖。要有這樣的待遇不必非得家人的辛勞，拜現代的科技之賜，許多好用的保溫器具或機器均能適時為自己獻上一杯，只要你有一顆細緻的心，一顆要好好生活的心。為自己創造舒適閑逸的生活品味並不是什麼奢華，品味生活也不是用錢砸得出來的。

冬天裡有早起上班、上學的痛苦，也免不了穿梭在刺骨的風中。隨時為自己沖泡一杯溫暖，用熱呼呼的汁液打氣，也讓自己在溫熱之中休憩，重燃起奮鬥的熱情。裝上一顆細緻的心，溫一壺暖過冬吧！

慢眼看人生

你知道嗎？現代有許多人的成就感是建立在自己的忙碌上，閒閒的人好像就沒什麼成就似的。所以，人也就常把自己的時間塞滿，當別人問你的時候，唯有回答很忙才是所有問題的答案，例如沒有聯絡的原因、沒完成事情的藉口。

活到我這個歲數，雖不致於認為自己老了，但也深刻體驗到時光歲月的無情。在無意之間驚覺時光之匆匆，除了扼腕嘆息，還能做什麼？我常常回想，二十歲的時候在做些什麼？二十五歲的時候在做些什麼？可是，對以前發生事情的記憶真的只有「寥寥」二字可以形容。

為什麼會這樣呢？當自認為年輕的時候，有無數的青春可供揮霍，於是常忘了停下來看看自己，只是一味地衝鋒陷陣，追求自己所認定的生活價值與意義。在短時間內，我們不曾發現自己失去了什麼，只看到自己得到了什麼，還以自己所獲得的成果而沾沾自喜。可是一旦發現從自己手中

溜走的時間是這麼地多，抓住的東西又那麼地虛無，這時才會停下自己的腳步，好好細數曾經，然後開始流淚、淌血。

蔣勳曾說：「如果把人生視作一個路程，有時應該好好的欣賞兩旁的風景，而不是一口氣就把路趕完了。」他說的沒錯，人生中的確有一些事情需要急切地去完成，但並不是每一件事都是如此。每一天留一點時間給自己，悠閒地做自己，好好地吃、喝、行走等等。停下駐足，才能發現自己生活的美好。

寫給青春

青春的你，正做些什麼呢？讀書、看電視，或是上網？

回想起自己當年的青春時光，除了網路以外，所過的日子其實和現在的你沒有很大的差別，總是在上學、放學、考試間度過一天天。想要有樂趣，無法從父母那兒獲得滿足，因為他們為了生活，日子過得實在苦悶；無法從老師那兒獲得，因為老師也為了學生的成績天天在絞盡腦汁，看到你只會教妳好好讀書。還是靠自己，在考試的夾縫中找出一丁點可以讓自己抒懷的事物，例如看些課外書、寫寫信，或者偷閒收集一些小東西。

那時候屏東市可沒有大型的百貨公司，比較有名的就是在民生路上的「彰南行」，卻從來不敢單獨進去，以免遭櫃檯小姐的白眼。也難怪啦！窮學生的口袋除了車票錢，再來就是衛生紙和手帕，哪裡有閒錢去逛街！不過青春的我總是有辦法找到樂子，那就是逛書店。在書店看書不用錢，還可以瀏覽漂亮的書籤，讀一讀上面寫的字句，有些可愛，有些發人深

省。

忙碌的青春時光裡，逛書店是奢侈的享受，所以非常地珍惜。雖常常空手而回，從中獲得的樂趣卻是無窮，那和當時的物質條件限制有絕對的關係。少有的東西或經驗就會珍貴，平凡或頻繁的事物很難讓人釀成寶貴的感受。

你是不是這樣？往往忽略了身邊的人事物，卻去追求不切實際的幻想？青春的歲月中一定有夢，有夢是好的，不過要確定的是實現夢的方法，而不是一味編織無邊無際的夢，任那夢境牽引你的心思，到頭來只是一場空。身旁的平凡，不容易讓你駐足或深思，卻是賴以生活的要素，如果掌握不住平凡，那大大小小的夢只不過是鏡花水月。我無意倚著自己的年齡來向年輕的你說教，那些「落落長」、「碎碎念」的語言我也不愛聽，還是讓你自己慢慢發現比較好。

不過有一個觀念卻不得不提醒你，那就是「把握」。把握什麼呢？把握時間，把握青春，把握你所擁有的一切。

賺些快樂來花

想到現代人，我不禁要在心臟的一側長出另一顆同情心，那惡劣的生長環境已經不是北歐國度的那種嚴寒可以比擬的了。過多的競爭讓存乎人心的溫暖少有容身之處，工作的成就感只能寄託於薪水、升遷及裁員的名單。現代人太苦悶，悶到連追尋快樂的標準也日漸低落。

現代社會的快樂有些狹隘：學業優良、工作順利、婚姻幸福、兒女成功、足夠的退休金……大多是圍繞在自己身上的話題。我不反對人生中擁有這些是幸福，因為它們總是能帶來某種程度上的快樂與滿足。不過當你沉溺在自己的幸福中時，外面的世界是否隨著你幸福？如果你的幸福旁邊是瀕臨絕望的人，那幸福的景象該是多麼地刺眼，快樂又何等地虛無。

我很喜歡把人比做一根蠟燭，不是「蠟燭兩頭燒」的那種緊張、急促的生命，也不盡然是燃燒自己卻照亮別人的那種偉大。我所謂的蠟燭是會發光及發熱的，而且需要一根火柴。

能夠當自己就是一種快樂，蠟燭需要燃燒發出光亮和熱度，這樣才是自己，不然只是一坨蠟，而非蠟燭。鐵製的椅子要放下自己是鐵的身段，認定自己是椅子，是要讓人的屁股貼著自己的臉龐，如果不能認知到這一點，那麼它只是有造型的鐵，而不是椅子。於是瞭解自己就非常必要了，知道自己的本質，明白自己的方向，每天走在自己的羊腸小徑，或者康莊大道，這樣的快樂最自然不過了，卻很珍貴。

悠閒也是一種快樂，凡事都不趕時間，隨著分秒過去，事情在自然之下完成，有著水到渠成的情懷，這樣的內心多麼安定、多麼祥和，正如地球永遠不趕時間，太陽依著地球的轉動而有了晨昏。有了悠閒，生命的感官也就敏銳了，於是乎飯有了滋味，風有了溫度，風景有了顏色，花朵有了馨香，蟲鳴鳥叫成了樂章。

能關懷他人也是快樂，表示自己有能力。關懷是人類行為中的特徵，而人與人之間的關係也因為彼此的關懷而變得無限。關懷像是一蕊花苞，只要把這個花苞投向對方的心裡，花也就開了，芬芳自能化作層層溫暖，

包覆著曾經失落悲傷的心靈，給予撫平的力量。關懷的作用很奇妙，雖只是軟語幾字，卻能讓人產生依恃的安全感，就像浮沉海洋時所抓住的那一塊礁石。而能關懷人者，不就是那救命的礁石？和手術救人所產生的快樂質地是一樣的。

要追求物質社會上所謂的快樂並不簡單，有些甚至要花上一輩子的時間。而樸實的快樂——做自己，悠閒和關懷卻無所不在，端視你是否選擇這樣的快樂，就如同你可以選擇要不要用一根火柴點燃自己生命中的蠟燭。

能不能每天撥一點時間做自己？用自己的真面目和人我相處？能的話，你就賺到了快樂。在忙碌中給自己一點悠閒，哪怕只是三分鐘的發呆，那也是賺到了快樂。適時給旁人一絲關懷、幾句鼓勵，你將賺到更多快樂。

如此賺到的許多快樂，我並不建議你存起來，快樂是無法久存的東西，必須不斷地補充。如果你把快樂花出去，亦即將自己的快樂透過各種

形式散播出去，這樣快樂將能在人間長存。在現實的社會中，我們無法避免需要賺錢來用，讓自己的生活能夠溫飽，但是除了賺錢，吾人還需要賺些快樂來花。從生活中賺取快樂，再把快樂傳播給有生命者，這樣快樂將源源不絕，而你能賺到的快樂將更多。

宏宇小語

愈平凡的快樂愈容易獲得，多尋找平凡的快樂，把它們串連起來，你會發現那是天堂。

招財的女郎

有機會到新埤鄉的學校兼課，為了節省行車的時間，我都是走「南二高」，從高速公路下來就可以接上「台一線」，不一會兒功夫就可以抵達新埤的「鬧區」。從交流道向右轉過來到「台一線」，發現路旁種著一棵棵的豔紫荊，那鮮豔的花朵正如它的名字，為這塵土漫漫的無趣公路增添了不少嫵媚，尤其在陰暗沉沉的天氣裡，朵朵紫紅色的花讓開車的人還能被動地感受到生命力。

在枝葉間別著許多花的樹下，其實還開著更大的傘花，紅色的傘面似乎要和豔紫荊的色彩互別苗頭。我曾經心血來潮的數了一數，哇！有二十三朵傘花，而每朵傘花前幾公尺都立著小招牌，上面畫著既像黑色雙唇又像黑元寶的圖，走近端詳，招牌上寫了「菱角」二字，喔，我知道了！

每朵傘花下，有著戴口罩或蒙布巾的女郎，常常只露出一雙眼睛，甚

至戴了太陽眼鏡而成了「藏鏡人」，她們或站或坐，招呼著南下的旅人。要對著呼嘯而過的行車人士，吶喊叫賣是不管用的，而包得密不透風的穿著，想必也難以運用像檳榔西施般的美姿來吸引路人的目光。所以她們就運用了萬能的右手，搖哇揮的，像極了商店用來招財的吉祥貓。我相信她們比招財貓的「法力」還高強，因為在我眼中，可是敬她們為活生生的財神吶！

這段路程，我每星期要走上兩回，雖然經過時的時間短暫，不過我還是發揮了「無聊的觀察力」，利用每回匆匆一瞥的錯身中，欣賞這些招財女郎的丰姿。

女郎們的招呼手勢可不太一樣，大多數的人是舉出右手「發誓」的姿勢，手掌則向前不斷地說「來來來」，招手的韻律是連續的四分音符，動作最像招財吉祥貓。也有人是伸長了手臂，快速地揮動手掌，節奏倒成了愉悅的八分音符，似乎要開車的人稍停下來。而為了要突顯攤位的特色，有些女郎還會使用些小道具，例如舞動塑膠袋或扇子之類的，藉以讓行

人產生購買的動力。無論是哪一種手勢，目的只有一個：「客倌，買菱角。」

這些在外「拋頭不露面」的銷售人員，忍受著車子呼嘯而過所排放的黑煙，在豔陽下更須海納悶熱，這樣的職場絕非什麼優良環境，而販售的工作無非講求業績，如果招了大半天，財源卻不進，女郎的心境想必酸楚吧！除了工作上的壓力，我還想了許多，例如：想上廁所時該怎麼辦？回家，還是到哪裡解決？尤其麻煩的是，每個月的生理期豈不痛苦……我是多慮啦！她們不是好端端的在揮著手嗎？不過，說不出的辛酸才更令人動容，這也是外人無法體會的。有時我還會替她們緊張，萬一沒有業績，不知道會不會被扣薪？是否就像我們遇到不寫功課的孩子那般無奈？先兩手一攤，再祈求上蒼，還得更加努力地付出，想著想著，我同這些女郎似乎有著相同的境遇。

有時候我會特別注意她們的服裝，我發現她們通常是不穿裙子的，而是著長褲，也常穿鮮豔顏色的上衣，想必是因為要增加醒目的效果。這些

女郎的年紀我也好奇，從她們露出有限的臉龐來看，絕非妙齡女郎，而是有著家務歷練的媽媽，甚至有阿嬤級的人物。我想也是，這麼辛苦的工作，有哪個小姐願意承擔？只有韌性十足的主婦媽媽才有這樣的氣魄，忍受嚴苛的環境，在燠熱的南台灣，努力地招手。

下雨天，豔紫荊的花瓣免不了掉落，而樹下的傘花也收了不少，不過還是有幾位堅忍不拔的女郎賣力地堅守崗位。我開著車卻不斷抱怨雨天的不便，相形之下更顯自己的無能，怎不令我羞愧！安逸地過著生活真是莫大的福氣，要惜福。眼見這些女郎們的勞苦與韌性，昇華為我心中「奉其為招財女郎」的敬意。

每次都匆忙地趕去上課，從來沒有多餘的時間停靠，只能在每一次經過的短暫中，於腦海中編織對於女郎的「遐想」。期待某次可以停下車、搖下車窗，對招財的女郎來一句：「我要一包菱角。」

旅人的情絲

旅人的足跡在天涯，隨著風沙而斑駁；
旅人的情絲在旅途，隨著自然景致而細密；
風景名勝不是旅行的目的，
際遇與心情才是我的追求。

行前

最近幾年韓劇在台灣發燒，我有時也為它著迷，尤其那有著蓬蓬裙的韓服常令我眼睛為之一亮。在九十七年的六月下旬，和瑛子談到暑假計畫，說著、說著就談到了旅遊，兩人竟燃起共同出國旅遊的熱情，於是上網看了些行程，再考慮到價錢和日期，最後決定去韓國。

不只一人跟我說，這個時間去韓國並不好玩，風景沒什麼看頭；也有人說，去韓國吃得不好，餐餐都是泡菜，可能會不習慣，建議要帶些泡麵去！我聽了一點都不介意，去韓國是為了看看這個國家，去接觸這個在電視中才見到的文化，至於玩嘛！只要身心夠放鬆，到處都好玩，不是嗎？

接洽好旅行社，接下來是等待團員的日子，如果人數不足，可能要併入其他團而改變日期。結果，原先預定的旅行團真的因人數不足而無法成行，旅行社徵求我們的意願之後將我倆安排加入另一團，比原先預定的日

期還早了三天。不過，沒關係，旅遊的熱衷正旺，我們都準備好了！

搭飛機

天啊！好久沒搭飛機了，上機前還是像第一次坐飛機那樣興奮，一顆心噗通噗通的，就快跑出來搖旗吶喊了。

登機的時間比預定的還晚，在候機大廳中，竟有些焦躁起來。我和瑛子特別早點排隊，在嘰哩呱啦中耐著性子等待。終於要走上登機的「隧道」，我那稍歇息的興奮又活絡了起來，邁開了我的大步，在「三碗豬腳」聲及甜美泰航空姐的笑容中登上了飛機。

上了飛機之後，已過了中午一點，肚子大唱空城計。不過，不用擔心，搭飛機和吃東西是形影不離的，空姐殷勤地端茶送飯，加上我的狼吞虎嚥，哈！肚皮終於露出了滿足的笑容。

雖然飛機上有雜誌和報紙，也有好多的音樂頻道，前方的機頂和壁上還嵌了電視螢幕，但我倆還是把女性特質發揮到了極致，嘴巴除了吃飯，

還能講話，不停地！飛到韓國並不需很久，向空姐索取的毯子根本沒用，那瞌睡蟲可能還留在台灣，忘了跟上來，所以我還是那條生龍、那隻活虎！在降落的時候，眼睛亮晶晶的，心中喜孜孜的看著即將踏上的陸地。

韓國，我來囉！耶！

食物

還沒踏上韓國之前，其實我還是有些擔心每樣食物都是辣味的，因為我從來就不愛吃辣，連胡椒粉的嗆味也敬謝不敏，不過，我的擔心是多餘的。

看到泡菜，第一眼的印象是它的紅，令人驚心動魄的。我想，千里迢迢地來到了韓國，總要嘗些道地的泡菜，不然豈不是有虛此行！我的筷子毫不遲疑，以它扁瘦的身子夾了一小片，送到兩瓣狐疑的唇中。是鹹，還有酸，在些微的蒜味中爆開了辣椒的味道。咦？不會很辣呀！喔！好好吃，再來一口。

泡菜是每餐都有的，連中式餐廳也不例外。自從吃過了泡菜以後，發現自己竟悄悄地愛上它了，每餐都會吃上一些，連饅頭、油條配豆漿的早餐時間也吃。我懷疑自己前世是韓國人，踏上了土地，吸收了地氣，那前世的渺渺記憶又甦醒了。在韓國吃還不夠，我打算要帶些回台灣。

除了泡菜以外，這次導遊所安排的餐食其實都能符合我的口味。人蔘雞，這種以生長四十八天的整隻嫩雞加上人蔘及其他中藥燉出來的食物，是自己在家都會弄出來的味道，所以，之前一些人所提出「要我帶泡麵」等等的「警告」，現在不攻自破。所不同的是，在這裡吃人蔘雞是要加入些麵線，再佐以人蔘酒。其美味讓我酒足飯飽，還沾染一身的人蔘香氣。

還有一道雞肉的料理，名字叫「安東雞」，類似中式料理的紅燒雞，剁塊的雞肉用醬油燒出來，但沒有蒜或者中藥味就是了。這種安東雞不是單著吃，它是加入高麗菜及其他菜類一起煮來吃。料理端上桌時，表面鋪著安東雞，下層是菜，鍋底有一些湯汁合著煮。雞肉是熟的，可以先吃，或等菜熟了再配著吃也行。這道菜的做法有些像火鍋，只不過它是用淺鐵

盤來煮，不是用鍋子。更妙的是，這種料理法韓國人稱之為「烤」！

在南韓東北區有一種當地有名的料理——烤魷魚，也是用這樣的方式來「烤」的。除了新鮮魷魚，還配上了大白菜、年糕及其他菜類一起用少量的湯汁來煮，吃起來也合我的胃口，要不是海鮮的膽固醇太高，真想狠狠地吃上三回合，撐破肚皮也甘願。安東雞和烤魷魚都是邊煮邊吃，所以吃起來是熱呼呼的，還嫌店家的冷氣不夠強，害得我直冒汗呢！

在韓國也有另一種烤肉，是真正的「烤」，在鐵板上烤。我們吃的是豬肉，店家呈上來時就已經醃好了的。和平常的烤肉一樣，把肉放在鐵板上，薄薄的肉片不一會兒就熟了，那多汁味美的烤肉，以生菜包起來後食用，再一次把我的肚皮撐到大概連皺紋都不見了吧！

除了以上那些料理，韓國有名的石鍋拌飯也挺好吃的。燒得燙人的石鍋端上桌，那滋滋的聲音已經預告了它的美味，裡面的白飯、豆芽、青菜等等，正以樸實的原味饗我們這群饕客，配上豬骨頭加馬鈴薯熬煮的湯，清淡，但真是讓人回味。

所有美食的旁邊一定會有小菜，都是些醃漬或涼拌的青菜、蘿蔔、海帶等等，當然還包括泡菜。每家餐廳準備的小菜並不完全相同，有時三樣，有時也有五、六樣之多。在食用熱氣騰騰的餐點時，不時搭配這些冷食，頗能讓口中的熱度得到稍息，亦能轉換味覺，讓用餐的過程中多了些樂趣。尤其醃黃蘿蔔，酸中帶甜，還有清脆的口感，讓人真想多添碗飯哩！

五天下來，餐餐吃的食物都把我的胃餵得動彈不得，由於在旅途中沒有體重機，我也任肚子胡作非為，並以鴕鳥的心態把圓滾滾的肚子滾回台灣，還帶了三公斤的泡菜！

好玩的事

老實說，沒玩過的事情都具有某些程度的好玩，新鮮感加上探險的刺激，總叫人躍躍欲試。來到韓國，首先讓仁川機場給震懾住了，這個完全靠填海造出來的機場好大，往返機場中的一、二航廈之間還需要搭乘近十

分鐘的電車（和台北捷運同類的電車），這真讓我大呼不可思議。

住台灣久了，很習慣城鎮之間的緊密，騎個摩托車就能到其他鄉鎮城市。摩托車在韓國並不多見，光在首爾市內穿梭都是利用快速道路。我們這團旅人每天搭著遊覽車，在首爾的江南、江北之間來去，感覺到的還是「大」之一字。行程之間的距離都需要幾個小時才能到達，尤其有天晚上十一點要從愛寶樂園到度假村休息，抵達的時候竟已經半夜，而這樣的「長途跋涉」，僅是在「京畿道」之中。

真的說到玩，此行較為特別的有「綿羊餵食」、「刺激七十度的雲霄飛車」、「坐雪盆」和「逛街」。

第一天晚上到「東大門」逛街，那是韓國有名的購物地區。街上逛街的人很多，我注意到來往的韓國女孩長得都白白淨淨的，打扮時髦，尤其他們都瘦瘦的。晚上逛東大門其實和在台灣逛師大夜市相彷，不外乎吃的、穿的、用的。我逛了幾間彩粧店，唯一能溝通的工具是英文和計算機。售貨員都能以英文說出價格，或者用計算機按一些數字讓顧客知道售

價。讓我很驚訝的是，每間店都有會說中文的售貨員，只要發現無法用英文溝通時，馬上就會有說中文的小姐來服務，原來「拼經濟」是要這麼做的！那些彩粧店可不是國際名店，而只是幾坪大、開架式的小店。

導遊說在東大門購物雖可以殺價，但頂多殺到八折。他也好心地教了幾句韓語，其中我把「殺價」那句記得牢牢的。逛到一家賣皮件的攤子，老闆是位年輕的男生。我看中一個手拿長夾，定價是韓幣三萬元。我向老闆殺價，老闆答應以兩萬五千元賣給我，不過我並不死心，繼續往下殺。後來我使出導遊教的韓語，真的耶！最後以兩萬元買下了長夾。

在韓國的冬天可以到滑雪場度假，但是我出遊的季節在夏天，沒有滑雪場可供學習。不過，在首爾市有室內的滑雪練習場，而所謂的雪是機器製造出來的冰。當我們一進到滑雪練習的內場時，立刻被冰冷的空氣所包圍。我因為不喜歡帶太多行李，只帶了件毛線外套，感覺還是有些冷，還好瑛子給了我一條圍巾，讓我感覺好多了。

滑雪場裡有三種項目可玩，一是正統的滑雪，有附上手杖的那種；另

一是單片板子的滑冰，很像溜滑板；還有溜雪盆，像小孩子一樣，坐在類似輪胎的盆子中，自上而下。滑雪需要自帶器具或者向滑雪場租用，而滑冰要有好的技巧和膽識。盤算自己的能力和時間的效益，還是玩雪盆就好了。因為一次的名額是五人，所以要坐雪盆可是要排隊的。當天去的人還不少，在導遊規定的一小時的時限中，我和瑛子玩了兩輪，感覺也頗過癮，圓滿了純粹玩樂的興致。

除了玩雪盆，我們在愛寶樂園也玩了一項刺激的項目，那就是乘坐坡度七十度的雲霄飛車。這個遊樂項目很熱門，參加的幾乎都是年輕的朋友，而所要排隊的時間長達一個多小時。為了感受七十度的恐怖，我、瑛子和另外三位團員勇敢的嘗試了，尤其我們是五位女生，令其他的團員直呼「有夠厲害」。

坐上雲霄飛車的那一刻，心臟可是跳得厲害，肺臟忙著用力呼吸，雙手緊緊地握住座位前方的抓桿，深怕自己飛落。啟動了，心臟縮得愈來愈緊，全身的肌肉不自覺地緊繃，汗毛豎起，眼睛也將閉，以全部的力氣來

迎接即將到來的狂飆。管他是男生或女生，尖叫聲此起彼落，其他四位女生也不例外。我嘛！確信這座以木頭搭建的台子具有高度的安全性，索性把自己交給了它，一路上只覺得上下起伏讓身體緊繃，使心臟和高度成反比。半路上有園方安排的照相，只覺一閃光亮，顧不得擺出優雅的表情，任憑那呼嘯的飛車把自己在半空中拋來拋去，而那美麗的夜景，在瞇成一條線的眼縫中，早已模糊在腦後了。

下了飛車，腳步竟有些輕飄的感覺，暈眩感直到回來台灣幾天後才消失。這樣刺激的衝擊，相信自己下次不會再嘗試了。

坐完飛車的隔天，我們到一處農場去參觀，置身在一畦畦的綠田之中，心裡覺得大地正以蓬勃的朝氣來迎接我的到來。不遠處是小山坡，山坡的背後疊障著層層山巒，坡上有成群的羊，這樣的景象不禁讓我想起書中所描寫的牧場風光。牧場主人抓了幾隻綿羊讓我們餵食，親近牧場的生活。羊槽裡充斥著羊排泄出來的氣味，令人更加確信自己真的待在牧場。我拿起飼料，美味的食物使大小羊都爭先恐後地伸長脖子，把那滴著口水

的嘴巴湊上來。我不僅餵大隻的羊，還特別憐惜那幼弱的小羊，堅決地把手伸向被擠在後頭的小羊嘴邊。

羊的嘴很柔軟，再加上牠靈活的舌，當牠在我手中舔食飼料時，除了有牠的熱氣，還感受到牠的溫柔，只不過得要忍受有些膩的口水，彷彿在手上塗了一層膠水。

戰利品

出國沒有買些當地的紀念品或名產，這是違背台灣人民天性的行為，所以我也利用難得出國的機會買了一些。此行我買了糖果、海苔、彩粧保養品、袋子、長夾、有韓國公仔的指甲刀、泡菜以及高麗人蔘，成果可說豐碩。我和瑛子帶回的好幾個紙箱中擠滿了我們買的戰利品，回到高雄火車站時，只見兩位疲憊的女子拖著沉重的大包小包，吃力地在月台上移動，要不是旁人的協助，我們大概永遠上不了火車！這些豐碩的戰利品中，有些拿來孝敬父母，有些用來回饋家人，有些分贈親友、學生，當然

還有為自己添購的東西。

雖然買了這麼多，不過還是無法滿足所有人的期待，沒有分送到的親朋好友，只好抱著愧疚感。心一橫，竟想：「下次最好還是隱瞞自己出國的消息吧！」

好看的秀

第四天傍晚的行程是觀賞「亂打秀」，這是一種結合音樂、敲擊、舞蹈和戲劇的表演，全場幾乎沒有台詞。故事背景是餐廳經理要廚房在晚上六點以前準備好結婚宴會的料理，不料經理的姪子臨時被安插進來，結果發生了一連串的事件，差一點無法準時準備好婚宴。整個表演充滿了趣味和喜感，在演出者高超的技巧中，贏得了大家熱烈的掌聲。

演出者表演敲擊樂的「樂器」都是廚房用品，舉凡菜刀、叉子、鍋碗瓢盆……都是他們用來表演的樂器。不同的器具所製造出來的音色都不同，加上精心設計的節奏和強弱，讓這場以節奏樂為主的表演顯得熱鬧，

也讓大家的身體隨著節奏扭動起來。在表演當中，台上的表演者還和台下的觀眾互動，讓觀眾參與表演，製造了很有趣的戲劇效果。

因為自己的學習背景是音樂，深知這樣的表演需要長時間的學習和排練才有如此精彩的演出。更可貴的是，表演者所具備的多方面能力，令我不禁豎起大拇指說：「讚！」要一個人同時具備音樂、戲劇表演和舞蹈的能力，非常難得，難怪這個團體能被爭相邀請到全世界去巡迴表演。這樣的表演老少咸宜，縱使語言不通都能看懂，對國民的陶養又是高尚的。看到別的國家有這樣的團體，再想想自己生長的台灣，不禁長嘆。

歸來

再精彩的旅程也有踏上歸途的時候。回台灣的前夕不禁感嘆時光飛逝，五天的行程很快地就已經到了尾聲，除了懷想旅途中的樂趣，也很珍惜旅遊中那份自由逍遙的快活。雖然喜歡韓國，畢竟只是看到了它美好的一面，在台灣的老窩還是最溫馨的地方，我一邊吃著泡菜，一邊這麼想著。

在馬來西亞的停格

一年前跟著旅遊團去了一趟馬來西亞，同行的有一位好朋友及一群男女老少。從高雄小港機場啟程，中途停靠沙巴，然後抵達吉隆坡。無論是沙巴或吉隆坡的上空，往下俯瞰是滿眼的綠，以及無邊的藍，圈著岸邊的波濤還是透明的藍綠色。

夏天去東南亞有些違背自己的主觀，總認為那兒必定是如煉獄般的火熱，不過這次到馬來西亞的經驗扭轉了先前的無知。溫度是不低，在海邊所流的汗可比在台灣的夏日來得壯觀，不過不是悶熱，裹在臉上的防曬乳沒有因為驕陽而沁出油膩，倒是遊覽車上的冷氣令我想在臉上再抹些保養滋潤。尤其在雲頂的兩天，山上的氣溫讓我忘記了身在東南亞。午後雲霧裊繞，乘坐纜車時有騰雲駕霧之錯覺，以為自己是仙人！

有著仙境般的雲頂，其實還藏著世俗的浮華，那就是賭場！只見賭場燈火通明，日夜不滅，流連其中的男女有著不同的膚色，卻有相同的專

注。我不懂賭，也沒偏財運，加上時間不允許，匆匆數瞥即離去，縱情於遊樂園和觀賞秀成了此行的最大收穫，而滿懷的涼意讓外套變得美好。

綠是馬來西亞的顏色，路途中放眼望去，有無盡的綠意，有些是叢林，也有很多棕櫚，偶或幾排紅瓦房舍點綴，煞是鮮明。只是我的內心還跳脫不出俗世的偏見，認為住在綠林之間，臨時想買東西多不方便。城鎮市郊的路旁，有小販賣節令水果，我恰逢榴槤、山竹和紅毛丹盛產季節來拜訪馬來西亞，便大剌剌地在路邊大啖水果之王——味道十分霸氣的榴槤，豪邁之氣掩蓋了窈窕淑女該有的風範儀表。便宜的水果讓回到度假村的我們開了一場水果派對，只有「過癮」兩字能形容當下要迸裂而出的歡欣。

來到這個國家，一定要遊覽的地方便是馬來西亞的地標——雙子星大樓。六樓以下是逛街購物的地方，看來和台灣的百貨公司沒啥不同，有差別的是那兒來往的人們，有著各種不同的皮膚顏色和語言，觀光客的數量非常多，自在地享受度假的時光。導遊建議我們無論如何都要在雙子星大

樓裡上一次洗手間❶，無奈我們一行三人逛了太多的商店而無暇去參觀洗手間，徒留遺憾。在吉隆坡時住在金馬皇宮，那兒的氣派輝煌當然不在話下，不過令人印象深刻的是：搭乘汽船，行走於不同水位高度的河、湖之經驗。在閘門處等待湖水高漲，之後閘門開啟，順利進入河流，這是前所未有的體驗，心裡有著不小的悸動。

馬來西亞有很多華人，街上的招牌常見到中文，商店的售貨員也頗多華裔，使購物的過程中少了很多比手畫腳的窘境，也體會到華人在異鄉打拚的勤勞。尤其在麻六甲，古老的建築物敘述著先民對母國的情感，展現出專屬於華人的風格，連墳墓的造型樣式也恪守傳統古風。行程第三天我們還在馬拉松運動名人林義傑先生家人所開設的餐廳吃飯，雖不認識餐廳主人，但總有一份親切感。

大多數的馬來西亞人信奉回教，街上常見包著頭巾的婦女，不過不像

❶雙子星大樓的廁所據說要付「入場費」，男廁還提供古龍水！

中東婦女那樣包得密不透風，美麗的臉蛋是露出來的。頭巾的顏色和圖案也有不少變化，呈現出開放的氣息，導遊戲稱馬來西亞是個冒牌的回教國家。馬來西亞境內除了有華裔的人士，也有印度籍的移民，在黑風洞那兒有不少印度人，該處有很多印度商店，也有神廟，連空氣中都充斥著該國特有香料的味道。初識大馬，發現這個國家的文化是多元的，加上鄰近國家的影響，食物中自然呈現民族融合的味道。

五天的行程過得很快，匆匆幾眼便要結束旅程。在馬來西亞體驗到綠意和空氣的清新，置身在異國的風情、多元的文化，那一幕幕的景象永遠在腦海中停格。

螢光夜趣

有一年四月清明節的假期，和一群愛好露營的朋友一起去嘉義瑞里享受野趣。露營區的附近有一處復育螢火蟲成功的生態區，在那裡初次看到有如繁星的螢火蟲，霎時，內心被那閃滅的光點感動得無法言語。

午後的山區即已被濃霧裹著，傍晚時分，朦朧的山影幢幢，而我們營區的燈火在黑暗之中倍感明亮。炊事帳裡幾許炊煙，夾雜著孩子烤肉、玩撲克牌及大人烹煮、聊天的聲音，編織著在野外生活的趣味。在群山萬壑當中，食物特別美味，酒氣分外香濃，幾巡酒下來，大家早已淹沒在快活的池沼中。

酒足飯飽之後的特別節目是前往螢火蟲生態區。大夥兒徒步往更高的山上走去，一路上有清涼的夜風相伴，解慰了沒有月色的遺憾。四周昏暗，柏油路面在此天色之下竟還透著一片灰白，讓大家還能循著山路而進。行進間讓我想起學生時代參加夜遊的情景——燃燒內心的熱情，在黑

夜之中揮灑青春的執著。

往山上走不到一會兒，兩旁的草叢中忽見三兩隻螢火蟲，內心的雀躍因此而挑動，讓我們的腳步更加殷勤了起來。步入了生態區，我的雙眸被眼前的景象給弄傻了！草地上、小灌木的枝葉縫隙、樹影下、你我他之間，到處都是那明滅的光點，我的內心似乎隨著牠們散發的光芒而噗通，那小小身軀所透出的光亮承載著我的心跳聲。山間的霧氣讓這個驚奇的情境多了一分朦朧，身旁的光點舉手可掬，而遠處的小光點倒像是騰雲駕霧了。這個時候不邀請一隻螢火蟲到掌間是違反人性的！於是用手圍起了一隻和自己有緣的螢火蟲，看著牠鼓動的亮光，我希望牠能感受到我的手心所傳達的溫度，裡面有相遇的悸動，還有來自孩童時期的那種純真和單純的欣喜。

欣喜之後是讓這小光點消失於掌間的離情，沒有道別，只有祝福，目送牠沒入周遭的紛紛光點中。我不禁想起徐志摩的詩作〈偶然〉，不同的是，我們交會時所放出的光芒被牠帶了走，只留下點點回憶可供我咀嚼。

除了眼前小燈籠的相伴，四方是夜裡不睡覺的蟲鳥，聲聲高唱，不同的音色、不同的響度，層層疊疊交錯，自然地發展出牠們特有的節奏，洗滌了塵囂的紛雜，撕脫了俗世中的嘴臉。後來，幽暗的天空不知何時露出了繁星點點，讓我的眼前更撩亂了。那鑲在天上的閃亮和周遭四處穿梭的閃閃光點，讓我彷彿置身於燈海深瀾，而我在這夜色裡隨波浮盪。

如此之夜，美好頓時餵飽了空蕩的心房，我帶著微醺和滿足走回營帳，在星空、山風、蟲鳥鳴唱之中準備安寢。平日的夜色，總是把忙碌的自己活活吞下，而在野外的夜裡，是我依偎在它的懷中，我的呼吸中有了山嵐的氣味，而山的肚腰給了我作夢的倚靠，那一夜，我們共眠……

黑色星期五去新疆

新疆，多麼陌生的地方，只知道那裡有塔里木盆地和哈密瓜。從來沒夢過它，對它也沒有特別的情愫，只因為小友阿邦捎來參加新疆之行的E-mail，我的遊興就這麼被挑起，和瑛子商量後，我們決定跟著去闖蕩。

跟朋友說起自己的計畫，許多人不禁露出詫異的眼光和神色：「一介弱女子跑到那麼遙遠又偏僻的地方，有沒有問題啊？」「那裡有什麼好玩？」老實說，我也不知道那裡有啥好玩的，沒去過就是新鮮，就算被坑了也有伴。之所以有這個膽識，鐵定是來自於阿邦，他是我和瑛子的定心丸，因為他算是旅遊老馬了，不服他，我們還能信任誰呢！

決定要去新疆，上網時也就特別關心這個地方，尤其在意它的氣候與溫度，就怕帶錯了衣裳。曾聽過「朝穿皮襖午穿紗」這句諺語，看著氣象資料，我不得不相信這句話，但也增加了憂慮：「行李箱哪裝得下襖呢？」還好同事剛從新疆歸來，給了我裝配物品的建議，聽罷信心大增，

於是就拎著曾跟著我出國的貓咪箱出發，是全團員中最「小咖」的。

出發那天是八月十三日，黑色星期五。原本對這種日子就沒啥忌諱，也不怎麼在意，不過當天飛廣州的班機延誤起飛，我硬是把這筆帳算在它頭上了！新疆真的遠，在天上飛了六個半小時才到達，加上等候、轉機的耗費，到達烏魯木齊已深夜，疲倦早已遮掩住雙眼，看不清這個城市的面貌。

越過千山萬水來到這個陌生地，我相信它必定有令人驚豔的風光美景，也有使人讚嘆的民族風情，更想大啖香甜瓜果，只管動眼動口，不過還是有點擔心如廁以及腸胃健康方面的問題。但既然來了，就安心地跟著導遊吧，把勁兒卯起來用力玩，預備……起！

越過準喀爾盆地的遐思

準喀爾盆地在北疆，東北方有座山——阿爾泰山。之前這個盆地對我而言，只是地理課本上出現過的地名，而今我竟在它的盆底遊走，心裡有

說不出的興奮。雖然前一天晚上才睡了幾個小時，精神卻很好，這樣的態度和平日的情形真是有著天壤之別。

從烏魯木齊出發，在轉往富蘊的公路之前，南邊的天山是吸引目光的大屏障，那清秀的山影，透著淡淡的藍綠色，山巔還依稀能見雪跡，闡述著冰河的記憶。車子轉向往北，天山已在身後，映入眼底的是廣闊的草原，有著濃淡不一的綠，其中亦有小坡淺壑，所有的景色都直達天際，沒有盡頭。要不是也有其他車煙，走在這樣的浩瀚無邊道途，心裡肯定能熬出寂寞孤獨的稠汁。

雖然坐在車子裡，我仍想像自己是走在孤獨的公路上，沒有其他的人煙，只有路旁的草毯，柔軟著旅途中寂寞的心靈。聽不到人語，只有耳畔呼走的風聲，吟詠著自古以來的曲調，安慰著旅人流浪的胸襟，只有自己和自己的心，在藍天綠地上對話。天氣好得沒話說，那清透的藍天，連雲朵都捨不得來沾污它，藍天也就少了聊心事的夥伴，任由陽光潑灑，天底下的萬物也跟著閃起光來。這裡的陽光熾燃著豪邁，可惜，我還是吝於脫

下俗世的成見，拚命地用窗帘抵擋它，不理會它的熱情。

走了許久，窗外的景色沒有什麼改變，心裡的聲音突然困惑了我：「在這裡如果走錯了路，要多久才會被發現啊？」「未到下一個城鎮之前，置身在如此天地之間，又如何能發現自己走錯了路？」我想，只能問偶爾遇見的牛、羊或馬了，問牠們來自哪裡，或許能猜出自己身在何處。萬一真的錯了，當下也沒個人可出氣，只好拿出地圖再端詳吧。哈！我是不怕的，地圖早烙在司機——白師傅腦裡囉！

路途中，車子再度轉換路線，走在較為顛簸的小路，四周的景色也有了改變，呈現出的是乾燥的土礫。經過迂迴和塵土，我們抵達了著名的五彩城。

五彩城有著突起的石坡、石崖及峽谷般的深壑，乾燥就是它的風格。腳下的土呈現出火燒的顏色，像是延燒在四周的火舌。其實它並不是一座城，是因為地球板塊運動以及經過千萬年來大自然的雕琢而成。遠看另一端山崖的崎嶇凹凸風貌，加上石土顏色的變化，就像是一座廢棄的千年古

城，散發著蒼涼的空寂。我的心不禁更加沉靜悲壯，有如獨行的俠客，在荒野中任由天地催老，再也沒有俗世的牽絆，更少了俗氣的面容和激情。少了綠野草跡，這裡更顯得貧瘠，尤其沒有遮蔭，讓陽光更加肆虐地調戲毫無招架之力的肌膚，慢慢地，我的臉也開始燒紅了起來。

站在高處遠眺，自然界的力量把這地形雕琢得如城一般，依著山勢而建，令人狂想。如果真有這樣的城池，經過千年之後登高思古的失意者，大概也只能遙想輝煌的功績，在豔陽下任由落寞的淚水乾涸，在風中抖動著昔日風華萬千的殘存記憶。

走在曠野，突然想起三毛女士在沙漠中曾經拍下的儷影，顯現出安適於風滾沙飛之中的恬靜。我且想像自己也有相同的豪邁胸懷，在曠野之中優遊，在躁熱之境自在。我深吸這裡的空氣，想跟它做個氣息相投的好友，可是愈貼近它，發現我的渺小在這浩瀚旁，更顯得微不足道，任何一粒細沙都遠比我重要。此時，陽光烘烤著曠野的沉默，時間在這裡只是消蝕華夢的催化劑，我拍著它毫無矯作的形貌，心裡明白著，把自己彩繪成

它的顏色，依然無法融於它。在渾然天成的神工下，怎麼說我都只是多餘的怪客，闖入了原本的靜謐。

離開了五彩城，草原的風光又甦活在我的眼前，奔向天際的公路依舊延伸而上，我的遐想也隨之升空，沒魂兒地在準喀爾的空中飄蕩——啊！應是陶醉在它的質樸中，一起作著單純的癡夢。

食客心情

「民以食為天」，旅遊中，吃的問題也挺重要。根據以前跟團出遊的經驗，咱們在國外吃得可「澎湃」了。還沒抵達新疆之前，我總認為那兒的牛羊多，所吃的食物必定以肉為主，還擔心三餐都吃肉，會不會因此變成肉球滾回寶島！甚至在廣州白雲機場用餐的時候，心裡還是這樣想著，故和瑛子一同死命地吃著青菜，就怕新疆的飯桌上瞧不見「菜色」。

唉！我是多慮了，新疆牛羊雖多，蔬菜也不少，什麼高麗菜、花椰菜、芹菜、青江菜……種類多著呢！午、晚餐通常是八菜一湯，除了大盤

雞有雞肉塊，以及有些青菜裡的小肉絲，其他所見都是蔬菜。至於湯嘛！大多是蛋花湯，裡邊兒有一半的材料也是蔬菜。如此「菜色」，照理說該掃除了先前的憂慮。不過吃了幾天後，竟面有「難色」，心裡萌生大口吃肉的期盼，尤其每餐的菜色差別不大，吃了幾餐後，幾乎可猜出每天的菜單了。如果餐桌上出現了新菜，例如魚或豆腐湯，鐵定引來一陣歡呼，因為真的難得啊！我猜想餐廳裡多備有羊肉料理，只不過旅團安排的餐費並不是餐餐高檔，雖說新疆多牛羊，不過吃羊肉還是昂貴的消費哩！

不過，教我感到奇怪的是，除了早餐外，不管你是否點了酒，餐餐都有啤酒兩瓶。經過詢問，原來新疆的啤酒非常便宜，所以餐廳在每桌都會放上兩瓶，以饗來客，解除客途上的燠熱。客倌如果不想喝而退掉，抱歉，那可不退錢的喔！同桌的榕哥喜愛啤酒，我時常當起他的酒友，當杯子輕碰出清脆的聲音，彷彿也啟動了歡樂的心竅，飯也更有滋味了。人在異鄉，仗著「舉目無親」，嘿！我的膽子竟變大了。

吃了幾天的「新疆式漢餐」下來，我對那撲鼻而來卻不得而嚐的烤肉

味充滿了無限的遐想，口水幾乎可激盪出浪花朵朵。於是在逛當地的夜市時，與三五遊伴一同點了烤羊肉串和羊排骨，準備大快朵頤一番，以解肉味之思。羊肉以香料醃漬入味，烤得油汁淋漓，鼻子早和香氣兒跳起了三貼舞，手秉著鐵叉朝肉塊大口咬去，香味頓時竄滿了口腔，而辛辣更嗆進了腦門，惹得淚水、鼻水齊飆，卻無閑手可擦拭。就這麼撐到最後，臉蛋倒成了悽慘狼狽的模樣，還招來笑語幾句。沒兩天，我的口慾又犯上了，想把烤羊肉串一次吃個過癮，於是吆喝了同一班人馬，大家集資在飯館前的烤肉攤買了好多串羊肉，打算攜回客房裡，來個啤酒羊肉大會串。

回到客房開起了羊肉串「轟趴」，嘻笑之間的靜默，我想像自己在大漠原野，倚在氈房門口，大口喝著酒，豪邁地撕咬著肉，吹著滾滾野風，雖然只有牛羊相伴，卻是恬靜而滿足的心情。事實上，我是更幸福的了，有好友相伴，互相舉杯輕碰，聲聲的笑語伴隨啤酒冒起的泡泡盈滿心中，能有如此一遭，真是人生一大樂事。我喝著、喝著，心也豁達了起來，自是笑聲不斷，還招來酒醉之嫌。後來導遊安排了一頓烤全羊大餐，雖酒足

飯飽，卻沒有先前的瀟灑，那烤全羊的滋味倒有些膩嘴了。

除了新疆羊肉，那兒的瓜果真令人回味，餐後水果不是西瓜就是哈密瓜，那香甜多汁的滋味，已值回票價了。也早已耳聞新疆葡萄的美味，瑛子和我當然不會錯過，在街上的水果攤買了綠色的小葡萄，那有如珍珠模樣的迷你果子，迷倒了我倆的味蕾，那份滿足和吃烤羊肉串不分上下。喔！我願意成為它的奴役！

在新疆吃喝了幾天，肚圍愈來愈可觀，常與友人笑稱擔心褲子的接縫處，雙雙因此咧嘴大笑。我想除了羊肉之外，饅頭也難免其罪。三餐飯桌上，除了白米飯，饅頭可是少不了的。在下生性喜好麵食，每餐都難以抗拒那有如渾圓誘人肉臀般的白饅頭，於是那可怕的澱粉就這樣成了我腹中可惡的脂肪，我竟如自己所料，得要滾著圓鼓的肚球回台灣了。

新疆雖乾燥，卻有廣闊的草原，孕育了成群的牛羊、鮮綠的蔬菜，以及纍纍的瓜果，而人們的生活隨著節令循環，演化了幾千年的歷史。食客如我，在大啖美味的同時，深深受到感動。遙遠的新疆順應了自然的限

制，天地所賜予的食物，值得食客懷恩來細細品味，而大漠間的飲食心情，又豈是豪邁二字而已。

衛生間歷險記

在新疆，所謂衛生間指的就是廁所，許多公共廁所的牆上都大剌剌地寫著這三個字。還沒來到新疆以前，早已耳聞這裡的衛生間著實恐怖，不過真的身歷其境才徹底明白其中的窘況，有如歷險般地震懾人心。

首先面對的障礙是無門的廁所。初次遭遇這樣的「驚險」，開始是花容失色，後來就變成因羞赧而爆紅的臉，要不是小姐有「內急」，真想就這樣掉頭而去。走進這般衛生間大門，不見一方方的門板，而是那相鄰一蹲一蹲的兩塊白磁磚板，隱約印著前人遺下的漬跡，有時旁邊還充斥著堆起的棄紙污物，令人望之怯步。膽怯的我支使著兩隻不情願的腿趨前而去，只能硬生生地跨站上去，還猶豫著要面對大門，還是以屁股溝兒見人。後來索性背對著別人，讓人看不清楚臉蛋總是較妥當。唉！說穿了就

是隻鴕鳥唄！反正是這樣的情勢了，此時把心一橫，解脫褲子可從來沒那麼迅速確實過，深怕涼快的屁股就會溶了化去，更顧不得發出的聲響有多麼不優雅，這時心裡的信念就是「快、狠、準」。解決完畢更以迅雷不及掩耳的速度拎起褲頭，胡亂地扣起勾上一通，順帶按下按鈕沖水，沒命地往門口逃竄而出，有如逃難般的惶恐，又有彷若躲過狗兒追逐的慶幸，方才的困頓與害羞全拋在腦後了。

除了門的問題，氣味方面也令人倒退三步，尚未走近即能感受它的薰味逼人。同行的阿桑、姐妹們，有些已忍不住捧著心作噁，不斷地吐出從胃裡翻騰而出的絞汁。有些則全副武裝，戴著厚厚的口罩，彷彿要打一場視死如歸的化學戰役。我雖然也戴起一般醫療用的口罩，無奈還是無法抵擋那股「窒人於死地」的氣味。後來，我捨棄了口罩，改以憋氣的方法來「上戰場」，以最快的速度，在換氣前即衝出來。這方法讓我戰勝了氣味的囂張，不過也讓我的臉因此而脹得通紅，真怕因缺氧而斷了氣兒。

最恐怖的非「旱廁」莫屬了。所謂旱廁指的就是沒沖水設備的衛生

間，想當然爾，這樣的廁所依然沒門，蹲的位置也不那麼多，不過可稱得上是恐怖衛生間的「極致」了。除了前面所揭示的「戰況」，這旱廁還多了視覺上的狙殺，那一坑子的黃金豈止萬兩，如果真的換成錢財，絕對能拯救世界的金融風暴。因此，上這種廁所，視線不能亂瞄，最好也能「短視」，看清蹲板即可，底坑的景象就給忽略去吧！至於它的空氣清新程度，絕對是讓儀器也承受不起而破表！

除了以上所說的衛生間，還有一種也值得說說。這類的衛生間雖無門，也是旱廁，不過可沒有逼人的氣味及恐怖的景象，還能享受大自然的薰陶。話說行進在準喀爾盆地，放眼望去盡是草原，在內急的狀況下，白師傅就為我們尋覓適當的地點，然後停靠右邊放我們下來「野放」。男生在車子的左邊，女生則挨著車子的右方，讓車身遮擋住咱們的背面，兩頭再用傘來遮住側邊，以防來車瞧見大家的身影。只見一排女生動作一致的在大地上「灌溉施肥」，雖有點兒臉紅，也顧不了這麼多了。假如你要告發我們污染環境，抱歉！現在已無法找到證據了。不過倒有幾個目擊者，

那就是在當地不遠處的牛羊，請傳呼牠們作證吧！

在新疆待了十一天，經歷了各款衛生間，每回上廁所就像經歷一次冒險，晚上回到飯店才能如釋重負地享受清潔的設備，也才領悟到：「能有乾淨的環境如廁，真是莫大的幸福啊！」目前新疆正大力建設，希望衛生間的環境問題也能一併解決，下次再到新疆就不必打著冒險的精神來了。

天使的臉龐

說起孩子，他們純真的臉龐就像天使，笑起來更是無邪。以前在電視上常有機會看到少數民族孩童的影像，那被寒風凍紅的雙頰，惹人憐愛。到了新疆，果真就讓我實地見識了他們的可愛，有些純真質樸，有些則令人不免為之心疼。

往禾木村的路上，屬於阿爾泰山山區，除了蜿蜒的山徑，偶或遠望哈薩克族的白色氈房與牧人，他們在廣大的山區中，默默地承守自古以來的家業。走了許久，導遊讓我們下車鬆鬆筋骨，順便拍拍照片。

下車即看見一對哈薩克族的祖孫，爺爺的臉上刻畫了歲月的痕跡，那一道道的「智慧線」就像山谷中的細細支流；小孫子一臉渾圓，兩頰因為氣溫及寒風的吹刮而殷紅，下半身卻是件開襠褲，令人看了不禁覺得屁股也涼颼了起來。從他們身旁的羊群看來，想必是爺爺在牧羊的當兒也順便「牧人」，充當起孩子的保姆。

能夠這麼近距離和當地人接觸，我自認機不可失，雖然語言不通，還是勇敢地向爺爺表明想拍下他們的意圖，沒想到他爽快地答應了。我欣喜地拿起相機拍下祖孫的情深影像，當然也不會放過和他們一起合影的機會，尤其我還抱起小男孩一起拍照。

山區的溫度頗涼，在這樣的天候之下牧羊，辛苦自然不在話下。那可愛的小孫兒雖有祖父陪伴，我還是覺得有些不忍，趕緊上車拿了些堅果給他，希望在寂寥的時光中能帶給他一絲慰藉，而同行的旅友也給了他一些糖果，從他吃得津津有味的神情中，我的內心也升起一股滿足的喜悅。

告別了祖孫，經過車子的長途跋涉之後，我們終於抵達了禾木村。午

飯後，在風雨中徒步走上當地的山崗。抵達崗頂，那兒有個亭子，一戶人家在亭子裡擺了個攤子，賣些零食及紀念品。雨愈下愈大，滾滾雨水不一會兒即流進亭子中，沒多久功夫，竟淹起水來了。我為了要躲避直淹而來的水及自屋頂滴落的水滴，只好擠進攤子的內側，和那戶人家的女兒站在一塊兒。小女生約莫十一、二歲，綁了兩條粗辮子，雙頰也有著蘋果般的紅暈。

站了一會兒，我打破了方才的靜默，跟小女孩聊了起來。言談之中方知，每當觀光季節，他們一家子都在這亭子生活，白天做些小生意，晚上全家人則一同擠在一頂自備的帳棚中。跟她問起是否知道台灣？她小小年紀，除了上學，放假時則要幫著家裡做生意，對千里之外的地方一無所悉。

雨依然下得兇，沒多久，那滾滾的積水流進了女孩家的帳棚，一陣慌忙之中，只見女孩的父母忙著把水往外掃，嘴巴也同時吆喝著，要女孩趕緊把帳棚裡的棉被、家當全往上擱。如果棉被弄濕了，晚上全家人不僅是

睡在潮濕的地板上，還得忍受又濕又冷的被子。我心疼地看著她以聳肩的方式來表達無可奈何的心情，想著生在台灣的我們是多麼地幸福。阿邦收集了不少超商的卡片，我借花獻佛，向他要了兩張給小女孩，以表達對她的疼惜之意。

新疆產馬，牧人家裡總少不了馬匹，除了是交通工具，觀光季節還兼提供遊客騎馬，以賺些外快。那兒的人都善於騎馬，那怕只是幾歲大的小孩童，也練就了不錯的技術。觀光季節的遊客不少，為了符合遊客的需求，全家大小都要幫忙招呼生意，只要見著遊客，無不趨前詢問：「要不要騎馬？」如果是不會騎馬的遊客，他們也可以坐在客人的後方，幫忙握著韁繩來控制馬兒。於是乎就有令人莞爾的畫面發生了：客人是高頭大馬的成人，而後方駕馬的則是小孩兒，他的小手繞過客人厚粗的腰際，熟練地駕著馬，身子卻要斜至一邊，才不至於被客人的背部擋住視線。我看到這樣的一幕，心裡覺得有些好笑，又有些感慨：這裡的每個人都需要為生活奮鬥，縱使是孩童，絕對沒有所謂的「無憂無慮」。

對於新疆的人民而言，為了生活無不和自然環境搏鬥，連小孩子也必須學習生活技能，尤其是學習如何在惡劣的環境中求生存、圖溫飽。對於我來說，心裡感到不捨的是，孩子本該讀書、玩樂的，在這般年紀就要幫忙家計，實在不能稱之為「幸福快樂」，畢竟，沒有生意上門的落寞，這些孩子早就嘗透了！不過，在這些孩子臉上，我竟找不到憂鬱的神情，我想，他們應該早就習慣這裡的一切，以恬靜自在的態度來與天地相處。近年來常聽到許多人把現代的孩子比擬為「草莓族」，我想，這樣的比擬並不能加諸在這些游牧民族的孩子身上，倒覺得他們是「牛筋草的後裔」。

離開新疆以後，曾經相遇的天使臉龐常常浮現於腦海，也常瀏覽拍回來的影像，那天使的一顰一笑訴說了當地的環境，也刻畫了他們堅毅的生命態度，那是最令我動容的，也將是自己要學習的生活課題。

站在禾木的山崗上

禾木村位在新疆的東北部，氣候和印象中的新疆有些差距，它的地勢

較高，因此氣溫較低，雨量也比較豐富。車子在中午時分抵達禾木村，下車前即下起了雨，步下車子時雨下得更是凶猛，我雖撐著傘，褲管沒多久就濕答答了。

禾木村子裡的道路可不是柏油路，一陣大雨下來，原本結實的泥土也不得不泥濘起來，走在路上得要小心翼翼，就怕一個不留神，一腳踩進水裡，那可是狼狽不堪吶！雨下得慌，我為了要閃避亂竄的水，心裡更是慌張，在寒冷中只能一手揪緊披風，一手撐起瑟縮而發抖的雨傘。

這樣的道路可不只有人在走動，牛、馬、羊也常從眼前悠哉走過，所以，路上充斥著許多排泄物。此時，只見溶在雨水中的糞尿，透著污黃，在路上「橫衝直撞」，嚇得我在心裡不知尖叫了幾百回！按捺住驚恐的情緒，一會兒雨也稍歇了，當我走進食堂，那顆抖動的心有如被釋放的囚人，欣喜得很吶！

用過午餐之後，打算先上個洗手間，無奈廁所裡的「黃金」已經快滿溢而出，我提不出勇氣踩踏入室，只好作罷。

接下來的行程是要步行到當地的山崗上，由高處來一覽禾木村的景致。

走到村落盡頭，一座破舊的吊橋上有著人畜往來的熱鬧，其中還有規劃給馬走的路線，真是名符其實的「馬路」是也。循著路徑往前走去，發現爬上山崗的路原來是一階一階的步道，對我這樣的「嬌客」而言，真可以說是欣喜不已。

雨又來了，愈下愈大，走在步道上，心裡忍不住想著：「可真是好運，我來就下起大雨，難不成自己的命中真的帶水！」走著、走著，開始耳聞有些人發出不想上山的氣餒聲。我雖然不喜歡下雨，可是能到這裡來是多麼地難得，一輩子也許才那麼一遭，說什麼也要堅持下去！於是我們這一組人在風雨中繼續往山巔而進。一路上，不時遇著在「馬路」上乘著馬上山的旅客，看著他們不必忍受爬階的氣喘吁吁，心裡不禁羨慕起來，不過在其他旅友的陪伴下，那樣的感覺馬上一掃而空。

快到山頂了，傾盆的雨勢讓山景更充滿迷濛的美感。剎那間，發現從

天空飛躍而下的不再只是雨滴，其中還夾雜著一顆顆的冰雹，打在薄面的雨傘上，顯出千軍萬馬之勢，惹得我們一陣驚呼，不由得加快腳步，登上山頂感受這難得的一刻！原本不喜歡下雨天的我，顧不得雨勢威猛，撐著傘恣意地在雨中享受與冰雹邂逅的快意，等意識到可能會變成落湯雞時才退到小亭子中，心裡那份悸動不斷地敲打著心房，應和著雨聲，淹沒了方才的疲累。

站在山崗上，遠方橫亙的幾抹山影，有著不同的濃淡；山下的樹林一叢一叢，在雨中依然挺直，展現出鮮活的綠，綠意之中還有輕快的河流潺潺。圖瓦族的幢幢木屋整齊地排列在山影綠林之中，就像被山巒和樹林寶貝地捧著，尖起的屋頂偶或飄起幾縷炊煙。木屋的外表是沉靜的黑，在深雨濛濛中與天空的灰一同潑灑出水墨畫的濃淡。頃刻之間，遐想自己是古代文人墨客，在雨中欣賞這天地之作，不即興詩文幾句不快！可惜，我一介凡夫庸人，在絕美的景色前，只能任由「啊……喔……」的驚嘆從心中不斷湧出，怎麼也擠不出美麗的文字。

雨小了些，與導遊約定的時間催促著我們，於是在不捨中沿原路而返。經過先前震懾人心的洗禮，此時心裡是一片祥和寧靜，一邊下山，一邊欣賞雨後的禾木村所透出的空靈美色，在山邊靜靜地迎著彩虹淺笑。

呼喚遠飄的雲朵

逝去的時光是雲兒朵朵
隨著春夏　跟著秋冬　遠飄
它答應我不化作紛飛的雨
只要用回憶呼喚　便歸來相伴

打開粽子的心事

台灣人常有機會吃到粽子，傳統市場、麵攤、小餐館，甚至超商都能買得到，甚是方便。平常吃粽子是填飽肚子，不過端午節吃粽子就不單只是考慮肚皮的事兒，還有一番過節的意味兒在，尤其能吃到自家裏的粽子，那味道是商家老闆賣不出來的！

各家粽子，口味不同、包法不一、裡邊兒的乾坤是各自巧妙，無不展現出各家婆婆媽媽獨特的手藝和心意。我自小在客家村莊裡長大，每年的端午節都是吃阿婆或母親親手包的粽子。我家的作法是用月桃葉來包，葉子在使用前需要洗過、煮過，然後才能拿來包粽子。從小習慣了月桃葉特有的香氣，以致於現在還是習慣於這種口味的粽子。

包粽子是件苦差事，除了張羅要用的糯米、葉子，剝讓人淚流滿面的蔥頭，其他要包進粽子裡的材料，無不需要事前先行加工。等到萬事具備，還要坐在板凳上，把所有的材料紮實在一起，變成一顆顆有稜有角的

粽子，然後再把裹好的粽子放進滾水中烹煮，最後才有香氣四溢的粽子。

一顆飽滿的粽子，裡面所包的材料除了能主導粽子的口味以外，還能從中讀出「製作人」的心意。以前的年代，家裡的經濟並不寬裕，再加上祖母特有的客家婦女之勤儉美德，家裡包的粽子是經濟精簡型的，餡料就是泡開的花生以及蝦米、蔥頭和豬肉一起爆香的料。祖母對於粽子的口味和所包的餡料非常堅持，要是包了其他的材料進去，她一定是說：「唔好食！」然後就是垮下的嘴角。

小時候，媽媽每天都要忙家事和農事，遇到過節則更是可憐，除了每日既有的工作，也要準備祭祖拜神的供品和牲禮，還要做應景過節的粽子或粄食。過節的前後，除了目睹她的勞累，還要接收她的委屈與苦水。祖母偶爾會幫些忙，大部分是眼睜睜地看母親上演祖母自己往日的悲劇。包粽子這等大事是在端午節前兩三天就開始要前置作業的，例如採買材料、水煮粽葉和剝蔥頭。端午節前如果恰好遇上假日，媽媽會派我剝蔥頭的外皮。這個活兒讓我邊剝邊流淚，萬一手沾了眼，那真是可憐，非得用冷水

泡著眼睛才能解除痛苦。

這種經濟型的粽子是媽媽為人媳的功課，還是必修的！她有時回憶說：「剛嫁過來的時候還不太會裹粽子，家娘又不幫忙，那時忙完白天的工作以及晚餐以後，才有時間包粽子。因為技術不精，所以到深夜才把粽子包好，而在包粽子的過程中還得忍受蚊子叮咬的無奈，隔天一大早又要起來煮粽子，真是蓋清苦。」打開經濟型的粽子，瞧！裡邊的花生不就是母親心底的顆顆淚珠！香Q有韌性的糯米不就是母親的堅韌性格！這粽子裡外所刻畫的盡是為人媳的辛勞、客家人傳統的勤儉，以及母親咬著牙度過無眠黑夜的疲累。在生活不富裕的年代，平日罕有機會吃到粽子，在端午節能夠吃到這樣的粽子，已是夠欣喜的了，至於裡邊包什麼，真的沒法子在意了。

後來，家裡經濟有了改善，阿婆的年紀也大了，比較沒有氣力再插手家裡的大小事，母親包的粽子也隨著時代進步而有所改變：蛋黃的體積變大了，爆香的豬肉改成滷五花肉，還多了幾片「珍貴」的香菇，不變的是

月桃葉的香氣。打開粽葉的當下，除了傳統的粽香，還多了母親內心的真意，一股想要讓家人嘗到美味的心意，那種滋味裡藏著更具巧思的食材設計、母親將要「熬成婆」的欣慰，以及歲月逝去的無情。

出社會以後的我每日忙於工作，從來沒有閒情好好地跟媽媽學包粽子，更談不上幫她什麼忙了。每年的端午節還是看著她忙進忙出，不過有了嫂嫂的幫忙，她的忙碌少了滿懷的苦楚，多了對家人的貼心，哪些人要吃包蛋黃的，誰不吃包蛋黃的，她的心裡算計得可清楚了。打開粽子層疊的外衣，香味依舊，食材的變化也不大，有差別的是：她沒有讓自己以前的悲情轉嫁到嫂嫂的身上。她盡力地滿足子孫的口慾，沒有抱怨。為了兒女只要月桃葉和媽媽的香氣，那晶晶亮、熟透的糯米色澤中，映著母親頭上的灰白。

媽媽把我們養成了習慣月桃葉香氣的孩子，外面賣的粽子難以引發我的食慾。有幾次機會嘗到別家媽媽所包的粽子，雖然餡料豐富，不過乾竹葉的味道總是讓我的味蕾顯得欲振乏力。不過有回嘗了一位朋友的媽媽所

包的粽子，它讓我見識到什麼叫做「豪華」。

那粽子可不是精巧玲瓏的體型，無法用「龐大」來說它，「豐滿」倒是貼切的，不過它的豐滿不是用糯米所堆砌，而是豐富的內餡給撐大的，也撐了我的肚皮。糯米帶著溫暖的醬色，蒸得熟透，輕輕一撥，再也包不住裡邊的豐盛。除了一般粽子常用的材料以外，這粽子還包了讓我驚豔的食材：滷過的雞肉和整隻的蝦仁！是我不曾吃過的口味。再來是它的大器和豪邁，L號的蛋黃加上整朵的香菇和壯碩的栗子，讓人聯想到徐志摩所言「數大就是美」。爆香過的蘿蔔乾和胡椒粉，也帶來了質樸的香氣，和著精彩的內餡，傳遞著故鄉母親對孩子的思念。

我邊吃著粽子邊思量，是什麼原因讓這粽子如此豪華？啊！不就是母愛嗎？這立體的三角錐食材，裡外無不訴說著為母的心思，就像水墨畫中的那種渲染，總是超乎實體的有形線條。母親本來就是這麼樣地包粽子嗎？還是為了遠方的孩子才如此特別製作，無論如何，裡面必定藏著母親縷縷關懷，要以粽子來解慰遊子的思鄉情。我有幸嘗到如此情深意重的粽

子，內心的感動足以撼動一樹的茂密，化成片片紛飛飄落。

無論是經濟型的粽子，還是豪華的粽子，那繩子綑綁著的不只是美味和節日的氣氛，還有傳統女人的才德，以及母親的千言萬語。如今，母親因為身體的老邁與病痛，無法親手包粽子了，我除了不捨，還有滿懷的思念——那散發著月桃葉香氣和熱氣的母愛。

私房甜蜜小站

我從小就愛吃糖，尤其是那種要含著的硬糖，因為它在嘴裡拉出的甜滋味可以持續很長的時間。會有這樣的想法不是沒道理，完全是生活的匱乏所擠壓出來的小「智慧」❶。小時候可沒天天吃糖的幸福，平日要吃糖，只能向母親討錢去買，幸運的話，母親會給我一毛錢；有時討了半天，一個子兒也沒有，還惹來整耳的教訓以及滿懷的失望。

討到錢的午後，我總是火速地往街尾的雜貨店飛奔而去。站在一個個糖罐之前，我若有所思地考慮要買哪一種糖果。唉！說穿了是在合計著自己的一毛錢可以買哪一種！我通常沒什麼選擇，永遠只能選擇我們稱之為「圓糖仔」，或另一種裡面包了顆梅子的糖果。不過，能買糖果就足以振奮人心了，反正糖果都是提供甜蜜的法寶，無論哪一種都能讓我有一整個

❶在物資緊縮的年代，選擇可以含很久的「硬糖」，實為不得已而擠壓出的「智慧」。

下午的快樂。

遇到過年過節就不同了，母親為了祭拜神明祖先，糖果是少不了的供品，通常會買散裝的糖果——外面以塑膠紙包著，在兩端扭兩圈的那種，母親都管它叫「衛生糖」。拜完了神明，糖果當然就得要塞塞發饞的嘴巴，母親為了不讓我們吃太多而鬧肚子疼，通常還會管制糖果的「出貨量」。

我是老么，糖果大部分都是耗在我的口中。不過，我並不是貪心的孩子，不會一口氣把糖果吃完，而是將糖果放在自己的抽屜中，每隔一段時間才吃一顆，讓吃糖的喜悅變成極大值。這時候的抽屜是我的甜蜜小站、幸福的泉源。這樣的甜蜜小站可是秘密的，不能讓人知道，為的只是讓自己獨樂。在物質缺乏的年代，心裡怎麼也長不出「分享」的概念。每次都是趁四下無人之際，輕聲地打開抽屜，摸到最深處的角落，悄悄拿出一顆糖，不著痕跡地塞入嘴裡，再把糖果紙徹底湮滅，當一切步驟完成，呼出「吁～」的一口氣，最後就能盡情地享受一晌的甜蜜滋味。

長大後，生活的條件隨著自己的就業而有提升。吃糖已不是什麼問題，倒是嘴巴挑剔了不少，只揀自己愛吃的糖果。「圓糖仔」已被打入冷宮，水果滋味的糖及巧克力才是我的最愛，常常多買一些放在專屬的抽屜中，閑來便享用一顆。心情煩悶時更少不了它，那甜蜜總是能解慰心中的愁緒，也彌補了年幼時的缺憾。現在我這甜蜜小站依然是私房的，雖然公開，旁人卻不能擅自拿取。不過，我的心裡早已長出濃密的「分享」，有時也「以糖會家人」及「以糖會友」，和旁人共享這私房的甜蜜。

童心無限的私房甜蜜小站，裡面有單純的快樂，蘊藏著令人溫暖的法寶。在如此苦悶的現代，它不失為療癒心靈的補給站，也是使人心不老的天堂，抽屜中的糖仙和巧克力也不斷地點頭說是呢！

悲傷的河水慢慢流

我的悲傷像一條河，從心裡的傷口發源，蜿蜒曲折是心緒的起伏，一路上的波濤是淚水撞擊而來，而內心的方向即是河流的歸處，要沉沒其中，抑或漂流其上，心是唯一的羅盤。悲傷有起點，終點卻模糊，過程中有波浪層層疊疊，有時急，有時緩；來去捉摸不定，時隱偶竄，眼淚再也沒有了道理。開啟悲傷的按鈕必定是痛心的事，那個起點也許是生活上的挫折，也許是生命中的障礙，常常是面對生命終點的無奈。

當我們面對生命的終點時，你再也偽裝不起來，曾經謹記的人生哲理，此時早已被悲傷的情緒所忘卻，被淚水沖刷得猶如鹽酸洗過般乾淨。悲傷的起點如此痛苦，那種撕裂內心的力道，像是發狠的獅子以利爪深樁在你的心裡，血液全都阻凝了，無法運送氧氣到你的腦袋與腳趾，只能張開大口悲鳴。其中還包含著不能接受事實的無明理智，希望一切都沒有發生，期待老天爺能像導演一樣的喊「卡」，重來；也許還有一絲憤怒，對

人、對事，往往是對天，而這樣的憤怒只能在風中呼號。

這樣的痛不知將持續多久？我想是因人而異的，有如每人對痛感忍受度的極限都不同。經過一段時間的宣洩與沉澱後，悲傷就改換成另一種面貌來與你相處了。這之間的分野很難畫分和釐清，只能自覺悲傷的強度和頻率隨著時間而降低了影響力。此時的悲傷彷彿加了蓋子，可以闔上；又像是包袱，可打開，可綁起來。它日夜地纏著你，無人的時候、觸景的當兒，那悲傷便從裡面透一些味道出來，如辣椒般薰得你滴下了眼淚，鼻子裡又突然有了千軍萬馬，嗆得鼻水往這兒流。理智總是稍後才會到的，它把那蓋子又旋緊了一些，把包袱又重新綁了一次，然後將悲傷好好地整理，放回到心裡的一處角落。

每流一次淚，心裡的那堵牆將更結實，隨著牆的高度、厚度增加，那悲傷就變成了關在牢籠裡的猛獸，雖張牙舞爪得令人震懾，你再也無所懼，因為有了勇氣，悲傷不能傷你了。集結每次的淚水，淚水已成河，我回首河流的源頭，那悲傷的泉湧處依然清晰，而勇氣悄悄地幻化為小舟，我划著小舟在淚水的波紋中尋找未來的方向，有些對未來不明的焦慮，但相信終究是平安。

悲傷的河水慢慢流，我依稀聽到河水的低吟，唱著曾經心碎的旋律；悲傷的河水慢慢流，我奮力地以槳攪動有些混沌的河水，遙望著未來將至的海口；悲傷的河水慢慢流，我要迎向湛藍的海洋，那裡有無盡的寬闊。

遺落的台客拖鞋

最近台灣式的穿著打扮很熱門，以前所謂的「俗」，現在可謂「流行」。其中有一種藍白色的拖鞋，在夜市、路邊鞋攤處處可見，大家都稱為「台客拖鞋」。我的老爸也有一雙，並不是他愛跟流行，老實說，不知道誰買給他的。我從小到大，看著老爸都是穿「老婆牌」的拖鞋——老媽買啥，他就穿啥，不過從沒有穿過這樣的拖鞋就是了。

得到這雙「台客鞋」後，這雙拖鞋便跟著他四處串門子。父親自退休後，每天都在村子裡穿梭進出，想在家裡找到他，有時還真的不是件易事。我每次回去看他，不用進門就能知道他是否在家，只要往客廳門口的地板瞧一瞧，如果擺著一雙台客拖鞋，那老爸準是在家；如果拖鞋不在，那就表示他正在某處喝茶聊天。有一陣子太陽光很強，曬得鞋子都可能會融化，於是老爸就把拖鞋擱在裡頭，如此一來，我便得走進家門，才知道他的行蹤，所以每次回家總有猜謎題的樂趣。

台客拖鞋走路時的聲音很規律，步伐踩出去時是暗沉的輕聲——應是柔軟的鞋底所致吧！踩出去之後，接著要換另一條腿的同時，方才的輕聲之後就會有一個拖著長長尾巴的聲音，顯示出拖鞋應有的本色。這樣一短一長、一輕一重，規律又重複的律動，再加上老爸身體自然地擺動，就像一條船，搖著櫓划過去。

後來，老爸生了病，常常要到醫院看病及治療，起先他為了禮貌而穿球鞋出門，後來因為常要上檢查台，穿脫球鞋覺得麻煩，於是他索性就穿拖鞋去了。台客拖鞋陪著他進出醫院多次，有時看診，有時住院。每次去醫院都是家人或舅舅陪伴著他，不過，當要照電腦斷層掃描或進開刀房時，家屬不能陪伴，此時只有拖鞋默默地守在病床的腳邊，聆聽他不願屈服病魔的呼吸聲。每進出醫院一次，台客拖鞋依舊發出昔日規律的聲音，但是多了幾許虛弱，壓在拖鞋身上的重量日益減輕，我們的內心卻沉重悲苦。

雖然竭力地接受治療，老爸的病情卻不樂觀，隨著身體的孱弱，台客

拖鞋走路的次數愈來愈少，而拖鞋的聲音變成了輕聲和緩慢交替卻不規律的長音，伴隨著憂心的身影，只能在臥室、客廳及餐桌間緩慢移動。最後幾次入院，台客拖鞋總是在他的診療推床後面追著，不然就是在病床下沉默，似乎已經遺忘了老爸的體溫。他離開我們的那一天，我沒能守在跟前，而一陣慌忙之中，老爸的台客拖鞋竟忘了攜回，遺留在老爸最後徘徊人間的病房。

現在回家不用再猜老爸的蹤影何處往，台客拖鞋也已不知去向，不過腦海裡老是播放著像搖櫓般的拖鞋聲……

有一條路

有一條路，就位在長治鄉，還有個漂亮的路名叫「香揚」，它串起了麟洛鄉、長治鄉和屏東市。往東是麟洛，往西是屏東市，這條路靠近麟洛這頭是公墓區，一路走下去又會遇到麟洛鄉內的公墓區，和漂亮的名字有些格格不入。這條路我走了數十年，國中時期，這是我去劉老師家學琴的必經之路；步入社會之後，它是我到屏東市音樂教室的上班之路；現在則是我到內埔、潮州授琴的上課之路，以及回娘家的歸鄉路。

國中時期的我每週日都要踩著腳踏車去劉老師家上鋼琴課，時間大概都訂在早上十點左右，所以九點二十分以前就得出發。從麟洛公墓區的盡頭向左轉即是香揚路，走沒多久，路的兩旁也是公墓，後來要再右轉，右手邊還是公墓！這條有著許多墓塚的路，每每讓我騎得心驚膽顫，尤其行人稀少之時，還真怕那些藏身在墳地底下的魂魄一躍而出，所以每次騎到這恐怖路段都會死命地往前踩，兩眼不敢斜視，直到過了墳場才能鬆一口

氣。討厭的是，回家時又要再走一回。

有一回，學完琴回家，接近中午的路上人煙不多，前後都沒瞧見半個人影兒，後來有個騎腳踏車的男子騎在後頭，我的耳朵不由得豎了起來，注意著後面男子的動靜。可能是周遭墳場的氛圍影響了我，使我像驚弓之鳥，踩著車子的腳愈騎愈快，心裡慌得不得了，還不得不向墳場裡的阿公和曾祖母祈禱。結果是虛驚一場，那男子不過是一般的路人，而我也安然回到家。有了這樣的驚魂經驗，後來我都繞遠路從屏東市區走省道回家，畢竟經不起一次的閃失。

步入社會之後，有段時間我在音樂班任教，當時的教室在屏東市的廣東路，而我為了要走近路，也依然走這條路。上課的時間如果尚早，來往的路人也不少，走在路上並不覺得害怕，因為我不再是當年騎腳踏車的小女孩。騎著機車，心裡自是踏實許多，還能享受風兒拂過臉龐的清涼。後來我晉升為汽車階級，行進間，車裡的音樂聲更是沖淡了恐懼。不過，晚上回家時還是不敢從這條路經過，深怕從後視鏡望去是一縷飄著長髮的白

衣幽魂……

隨著時間腳步的挪移，走在這條路的我已是人妻人母。每次回娘家，我都是走這條路，誰教它是條鄉間路，沒有太多討厭的紅綠燈，沒有擁擠不息的車潮人流，而是有著綠意的田野，還透著淳樸味，一股既熟悉又親切的氣息，令人喜歡。這條路連結著我和父母之間的感情，就像是娘胎中的臍帶，日夜不停息地支持著我，只要有什麼需求，這條路的彼端就有綿密的溫暖，伴著我、護著我。而我到內埔、潮州授琴時也是走這條路，到麟洛時才接四線道南下。

前些日子，這條路變得憂傷了起來，每次走過，內心總是忍不住激動，因為父親的靈位就放在離這條路不遠的靈骨塔。父親離開我年餘，這段日子以來，我每回經過此路，悲傷的淚水總是要把雙眼洗滌一遍，眼睛必定要往靈骨塔的方位望去，心裡瀰漫著思念，雙手合十的呼喚父親，「爸，我要去上課了。」「爸，我要回家看看媽。」「爸，我下班了，正要回家。」

「香揚路」，我的「車跡」不知輾過了幾回，當年的恐懼已經瓦解，現在更不會寂寞，因為我相信，父親必定在這條路上守護著我，去上課、要回家，駕著車……

宏宇小語

我發現自己走了好遠，眼倦了，腳瘦了，衝鋒陷陣的鬥志也疲乏了。請把我重新設定，以不同的面貌來面對世界。

燈籠花

「燈籠花」是客家話對扶桑花的稱呼。我想是因為其中有一品種的花形是向上翹起的鋸齒狀花瓣，花朵卻是垂向地面，所以長條狀的花心就這麼大剌剌地呈現，看起來就像是一盞盞的小燈籠掛在綠葉間，鮮黃色的雄蕊還黏膩在花心的頂端，毫不恣意地向蜂蝶招手。小時候，鄉間常見這樣的燈籠花，整排的樹叢是最佳的圍牆，不僅美麗，還常常是我們遊戲時的玩具。不過，當怒氣正衝的爸媽把樹枝折下當「刑具」的時候，那可是殺氣騰騰的「武器」。

家裡的後園就有這樣的燈籠花牆，是和鄰家田地的隔界。這花牆是什麼時候開始有的我並不清楚，自我懂事後它就這麼高高地排立在後園，只能從枝條間的空隙瞧見隔壁——但是我們小孩子從不這麼做，因為從前門就可直通到鄰家，哪需要什麼偷窺呀！這種花好像整年都會開花，我「不時」就會跑到花牆邊，玩玩那也像舞裙的花瓣，心裡想著如果我也有這樣

的蓬蓬裙該有多好！恰巧我也有一雙細腿，穿起蓬蓬裙不也像是朵燈籠花！嘻嘻！我這白日夢真不害臊！

燈籠花不是什麼高貴的花，阿婆是不曾拿它去供奉神明或祖先的。它的生命力也強韌，隨便種就能開花。不過，它在我的心中卻是美麗的仙子，不僅僅是它那一身美麗的蓬裙，還有豔麗卻不俗的紅，伸長舌頭似的細細花心，讓它顯得輕盈。烈日當頭，從屋簷下的走廊望去，那小小的身影更火紅了，在片片閃著金光的綠葉陪襯下，彷彿是要展翅的鳳凰，在夏風中不停地飛舞。雨天時，整排的樹叢相伴，雨水和冷風也就無所謂了，雨後的花朵沾惹了不少雨滴，蓬裙上猶如鑲滿了水晶鑽，更有晶瑩剔透的華麗，是件高貴的禮服。

以前玩辦家家酒的時候，燈籠花是不可多得的「材料」，樹枝可拿來當筷子，葉子是青翠的蔬菜，把紅色的花瓣切成小段，就像紅辣椒，和「蔬菜」拌炒在一起，哈！多麼「漂亮」的一道菜！如果把花瓣切成細末，加點水，就是我們的辣椒醬了。我還知道葉子有另一種妙用，把葉子

加點水用石頭去搗爛，就會有黏稠的汁液釋出，帶點綠色，知道是什麼吧？對了，是炒菜的油，還真的像橄欖油呢！小時候沒法兒在廚房有所作為，遊戲時卻是什麼把戲都能想得出來，常常沉溺在那燈籠花的狂想中，變成一位絕世大廚。

如果把樹枝的葉子去除，帶些綠色的枝條還含著水分，既柔軟又有著韌性，在半空中用力舞弄會發出「咻！咻！」的聲音。但打在身上可痛了，還會留下條條紅痕，拿來打調皮的孩子，其嚇阻的效果是滿大的。尤其把外皮撕去，用光溜溜的枝條打在皮膚上，效果更是驚人。說它之所以驚人是因為它打起來不容易斷，而且不需費力，只要輕輕揮動，孩子的腿就會痛得直跳。只要看見這樣的「刑具」，很多小孩可會嚇得四肢發軟。後園裡有這麼充足的「刑具」，所以我們這些孩子是不敢太放肆的，就怕老媽祭出「燈籠花寶劍」，那腿上可就不只三條線了。我向來怕痛，從來不敢招惹它。

後來不知什麼原因，父親把燈籠花牆撤掉了，改用磚頭砌了冰冷的

牆，而我的燈籠花狂想曲也就嘎然而止。

爾後似乎不常見這樣的燈籠花，倒是其他品種的扶桑花因為顏色有很多，常現於園藝造景之中，可愛的燈籠花的影像就只能在腦海的記憶中翻閱。我好懷念燈籠花，希望能有機會再見到它的美麗，每次只要想起它，童年時的記憶就會浮現：暖暖的午後，隨風送來的燠熱中，朵朵熱情的小燈籠，照亮了我的癡狂。

楊老師與我

小提琴啟蒙恩師楊老師，也是我的「楊爸」，對於他不只有師生的情誼，還有一股淡淡的親暱。從他身上我得到了另一種父愛，更溫和的，更親近的。並不是說自己的爸爸不愛我，只是個性上的差別，使他們在表達愛的方式上有不同的取向。我爸爸的是隱藏式的愛，和子女沒有什麼親密的言語或舉止；楊爸不同，他很熱情，興致來了會唱歌給我聽，有時還會隨性展演某些曲子的意境來加強我對小提琴的練習動機。

楊爸是台南人，一口台南腔的台語——大部分用詞和一般台語沒什麼差別，不過講到「唱歌」這個詞時老是說成「笑歌」（台）。有一次上課，老師對著正在拉琴的我不斷地說：「要唱、要唱」❷，不過在我聽來是：「要笑、要笑」。我完全聽不懂老師的意思，心裡納悶著：「拉琴為

❷意為「要跟著旋律唱」，如此才能深刻表現出旋律的美感。

什麼要一直笑呢？」後來得知緣由才恍然大悟，兩人也相覷而笑。

我認識楊爸的時候，他在屏東師專教書，假日才回台南，所以私人學生也在學校裡上課。在屏東師專上課期間，我的課都是排在星期六下午四點，每次上完課，他就必須到車站搭車回台南。如果不趕時間，有時他會用摩托車載我到屏東夜市吃「關東煮」，用完點心後才去搭車。因為老師的緣故，我這鄉巴佬才能吃到所謂的「關東煮」。而關東煮的滋味，到現在還是非常吸引我，每次吃關東煮，心裡總是會想起楊老師的模樣。後來他請調到台南女中任教，我也移往台南老師家中上課，那是最令我感到溫暖和愉快的一段回憶。

那時候，星期日下午五點上課，我先搭公路局中興號的車子到台南站，再沿東門路走到老師家。到了老師家，老師通常已睡過了午覺，客廳中瀰漫著一股屬於星期日才有的悠閒。上課前，從琴箱裡取出小提琴，很順手地把琴交給老師，並不是自己不會調音，而是老師疼愛學生，每次都幫我調音。所以跟老師學琴的幾年中，我不曾在上課中調過小提琴的音

準。另一方面，我心裡也有向老師耍賴撒嬌的意圖，那是在親生爸爸面前從來沒有展露過的女兒心事。上課時的心情很輕鬆，老師常常陪著我一起拉琴，每次教新曲子前，他總是先使出渾身解數示範一次，然後再聽我視譜拉奏一次。

上完了課，心情更是好，除了老師以外，還可以陪楊媽媽說話。楊媽媽說話的聲音好聽極了，細細的，軟軟的，聽她說話就像吃著豆花，總能激起我心中的甜滋味。通常，上完課正是楊媽媽煮晚餐的時候，我有時也會幫些小忙，不然就是纏在她的旁邊，嘰哩呱啦地講個不停。當時，老師的兩位較長的孩子都在台北求學，只有小兒子在家，於是乎，我很自然地當起了楊老師和楊媽媽的孩子。

課後，我幾乎都是在老師家用餐，餐桌上有溫暖的飯菜，也有老師及師母對我的溫情，對當時出外念書的我而言，是一種除了父母以外最能觸動內心的真情。我想，自己是真的把楊老師當作爸爸了，從他那兒，我貪心地享受在傳統客家家庭裡所沒有的自在，也沉浸在週日的幸福時光。

這樣的美好時光一直延續到我家專畢業。畢業之前，老師有次和我談及畢業後的打算，他鼓勵我繼續到國外求學。我說明了家中的情況可能無法供應我去國外，自己也不忍心看著父親為我勞累。沒想到，老師竟然說他要借錢給我，而且還是很大的一筆數目。當時我楞在那兒，心裡慌得很，不知道要怎麼回應他。除此之外，老師也為我編織了自國外學成回國後的出路——一條美好又康莊的道路。不過我還是沒有接受這樣的盛情，不是拒絕，而是不敢！

這是多麼大的師恩！雖然沒有接受他的美意，但也足以讓我熱淚盈眶、沒齒難忘。多年以後，每每想到這件事，淚水又會奪眶而出，終至氾濫。

畢業後，自己忙碌於兒童音樂班及教琴的工作，「忙碌」是自己正當的藉口，所以一直沒有去台南探望他。我以為他會一直在台南等我這忘恩負義的丫頭，怎麼也沒料到他在一次生病中辭世，而我因為這樣的遺憾長期深深自疚。

多年以來，只要有人唱起藝術歌曲、只要聽到提琴的樂聲；每次吃關東煮、每次在窗前燈下沉思，楊老師的笑容、身影和拉琴的模樣，就會不斷地縈繞在腦海中。他的慈愛已化成隱形的斗蓬，我常常把它披在身上，那種溫暖不曾因為時光久遠而飛散。

宏宇小語

人要善待離家在外的孩子，他人才會善待自己的兒女。

國家圖書館出版品預行編目資料

琴聲細語／徐宏宇 著 -- 初版. --
新北市中和區：集夢坊，2011.04
面； 公分
ISBN 978-986-83913-1-4（平裝）

855 99026510

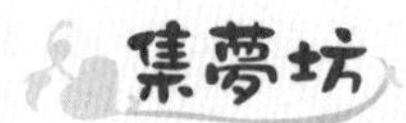

琴聲細語

出版者●華文自資出版平台·集夢坊
作者●徐宏宇
印行者●華文自資出版平台
出版總監●歐綾纖
副總編輯●陳雅貞　美術設計●吳吉昌
責任編輯●張欣宇　排版●陳曉觀

郵撥帳號●50017206采舍國際有限公司（郵撥購買，請另付一成郵資）
台灣出版中心●新北市中和區中山路2段366巷10號10樓
電話●(02)2248-7896　傳真●(02)2248-7758
ISBN●978-986-83913-1-4
出版日期●2011年4月初版

全球華文國際市場總代理●采舍國際 www.silkbook.com
地址●新北市中和區中山路2段366巷10號3樓
電話●(02)8245-8786　傳真●(02)8245-8718

全系列書系永久陳列展示中心
橋大書局●台北市南陽街7號2樓、3樓、4樓　電話●(02)2331-0234
新絲路書店●新北市中和區中山路2段366巷10號10樓　電話●(02)8245-9896
新絲路網路書店●www.silkbook.com
華文網網路書店●www.book4u.com.tw

本書係透過華文聯合出版平台自資出版印行

本書採減碳印製流程並使用優質中性紙(Acid & Alkali Free)最符環保需求。